저자근영

저자의 아버지 안영호(安榮濩) 님과 어머니 장장성(張張性) 님 회갑

결혼식하고 3일 후 재행 다녀오다가(1956년 11월 2일)

청주공고 기계과 졸업앨범 중에서

고교졸업 사진

고교 친구

청주대학 상과 졸업앨범 중에서

결혼 40주년을 기념하여 멋진 드레스와 턱시도를 입고

결혼 50주년 금혼식장에서

어머니 미수연을 기념하여 가족이 한 자리에

저자 수연 기념

부모님 보은송덕비 제막식에서 박수광 음성군수를 비롯한 관내 기관장들과 함께

어머님과 함께 시조선영을 참배하고 저자가 심은 기념식수 앞에서

오웅진 신부님과 함께

어머님과 함께

영주 부석사에서 아버님과 숙부(경호)님을 모시고

결혼 50주년 금혼식에서 직계가족 일동

어머님의 제주도 여행에서

1997년 당시 김영삼 대통령과 함께

공자님 탄신제례 저자 현관 모습

전두환 전대통령과 산행길에서 정담을 나누며

빙부님 9순 기념 축하연에서 저자 내외

대한노인회에서 시상하는 효부상을 수상하고
막내 아들과 손자(민헌의 장남 중훈)와 함께

자랑스러운 청공인(淸工人)상 수상 기념

여름 휴가 중 송계계곡에서 아내와 함께

아내 수연식에서 장인 내외, 처이모, 처형제들

어머님을 모시고 저자 내외가 영세를 받고서 최상훈 신부님과 함께

아내의 회갑 수연을 맞아 아내 친구들과 함께

아내와 아내의 친구들이 한 자리에

2006 음성군 품바 축제

초창기 맹동농협 직원들과 함께 수안보 온천에서(가운데 중학생은 장남 안홍헌)

생전의 빙부님 모습

자서전 출판기념회에서 아내와 함께(2006. 10. 28)

중국 만리장성 관광여행에서 평우회 회원 일동

금혼식 모습

음성군의회 초대의장 시절 의원들과 함께 해외연수 중 옥스포드 시의회 앞에서

저자가 함박산악회 창립회장으로 현판식을 마치고

정우택 충청북도 도지사와 함께

군의회 의사당을 방문한 고향 친구들과 함께

1965년 향토문화공로상 상록수상을 수상하고

어머님을 모시고, 88서울올림픽 메인스타디움 앞에서 저자 내외, 막내 명헌이

제10회 음성군생활체육대회 개회식에서 축사하는 모습

2005년 12월 31일 박수광 음성군수와 함께 제야의 종 타종

충북 도교육위원회 부의장 시절 사회를 보는 모습

음성군의회 초대의장으로 개원식 사회를 보는 모습

충청북도 시군의회 의장단 협의회의 음성군의회 방문 기념

음성 품바 마라톤대회

국민건강보험공단 음성지사에서 일일명예지사장을 위촉받고

음성군과 자매결연한 중국 태주시 방문단과 함께

충북 도교육위원회 제2대 교육위원 일동

맹동라이온스클럽 창립총회에서 창립회장을 맡고서

중국 만리장성 앞에서 장군 유니폼을 입고

이집트 피라미드 앞에서

모스크바 크레믈린 궁 앞에서

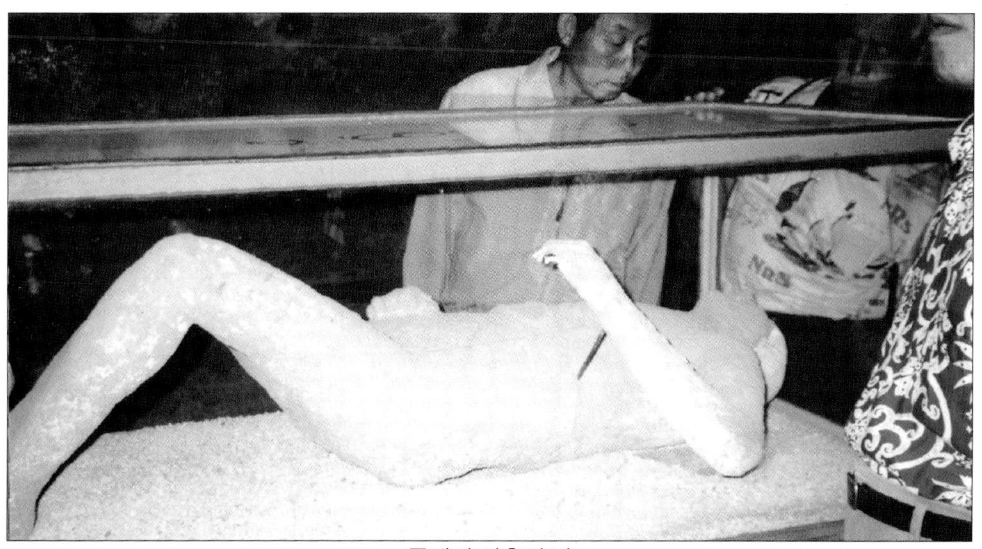
폼페이 최후의 날

음성군의회 4대 후반기 의장 당선 인사

혁신도시유치위원회 해단식에서 의장으로서 인사의 말씀을 하며

주님의 은총 기적의 현장에서

영구보존하기 위해 자식들 동의를 얻어 5형제 앞으로 공동상속 후 등기를 필한 생가 앞에서

회혼식을 기념하여 아내와 함께(2016. 10. 30)

최남단 마라도 방문기념

청주대학교 상과대학 졸업 기념

군의회 의원들과 서해 최북단 백령도를 방문하고

로마 바티칸 대성당 앞에서

호주 시드니에서 아내와 함께

뉴욕 자유의 여신상 앞에서 김홍배 의원과 함께

노르웨이 조각공원

워싱턴 인공위성발사 기념관 앞에서

캄보디아 앙코르 사원 앞에서

파리 에펠탑 앞에서

일본 황궁 앞에서

아테네 제우스 신전 앞에서(제2대 충북 도교육위원들과 함께)

네덜란드 풍차 앞에서

안병일 자서전

음성에 태어나서

한누리미디어

프롤로그 1

다시 자연의 품으로 돌아갈 터

중국 당나라 시인 두보(杜甫)는 〈곡강시(曲江詩)〉에서 '인생칠십 고래희(人生七十古來稀)', 즉 '사람의 나이 70은 예로부터 드문 일'이라고 했다. 그런데 내 나이는 벌써 고희(古稀)를 지나고도 3년이 흘렀지만 아직까지 왕성하게 사회활동을 하고 있으니, 나는 복 많은 사람임에 틀림없다. 하긴 평균 수명이 짧았던 옛날에는 환갑을 넘기면 큰 잔치를 열어 장수를 축하했는데 요즈음은 그도 옛말이 되어 버렸다.

아침 일찍 아내와 함께 식목일에 심어둔 묘목을 둘러본다. 어제 단비가 내려 한껏 물을 머금은 묘목은 이제 막 새싹이 파릇파릇하게 올라오고 있다. 그 모습이 얼마나 귀엽고 예쁜지 나는 시간 가는 줄도 모르고 들여다보고 또 들여다보았다.

평생 농사를 지어본 경험이 없는 사람은 죽었다 깨어나도 이 기분을 알 수 없을 것이다. 겨우내 언 땅에서 인내하다가 따스한 봄 햇살을 받고는 어느새 싹을 틔워 소담스럽게 피어나는 대지의 생명력, 그 무궁한 자연의 신비함을 어떻게 알겠는가?

아내의 재촉으로 서둘러 조반을 먹고 등원을 한다. 오늘따라 차창 밖으로 지나는 풍경들이 정겹기만 하다. 음성군의회 의장실에 도착해 따뜻한 차를 한 잔 마신다. 이제 이 자리에 앉아 결재하고 보고를 받고 회의를 주재할 날도 채 두 달이 남지 않았다. 나는 이번 의장직을 끝으로 43년간의 모든 공직에서 명예롭게 물러나기로 결심했다.

주변에서는 퇴임 이후를 생각해 여러 가지 제안을 해 왔다. 어떤 사람은 군수 출마를 강력히 권유하기도 했고, 충북 355-F지구 라이온스 클럽 총재를 맡아 보라는 권유도 있었다. 심지어는 다음에 국회의원에 출마하라는 사람도 있었다. 그러나 나는 모든 제안에 고개를 저었다. 이제 사회와 농촌을 위한 봉사는 나 안병일이 아니더라도 할 사람이 많다는 생각에서였다.

현명한 사람은 자신이 있어야 할 곳과 물러날 시간을 분명하게 아는 사람일 것이다. 하느님이 내게 얼마만큼의 건강을 허락하시려는지 알 수 없다. 다만 이제 남은 시간은 다른 사람을 위해서가 아닌 나 자신과, 평생을 가족을 위해 헌신한 아내를 위해서 살고 싶은 것이 솔직한 심정이다.

네덜란드의 유명한 철학자 스피노자는 “내일 지구가 멸망할지라도 나는 오늘 한 그루의 사과나무를 심겠다" 고 말했다. 여기서 사과나무는 단순한 나무가 아닌 희망을 이야기하는 것이리라. 내일 지구가 멸망해도 사과나무를 심는 사람이 있을진대, 나 역시 공직에서 손을 뗐다고 두 손 놓고 지내서는 안 되겠다는 생각이 들었다. 관상수 몇 천 그루를 구입해 심은 것도 바로 그런 이유에서였다. 앞으로 주목이 무럭무럭 자라는 것을 지켜보면서 나는 자연인 안병일로 돌아가 자연을 벗 삼아 살아갈 것이다.

어쩌면 나는 타고난 농사꾼일지도 모른다. 농사꾼으로 만들지 않기 위해, 펜대 굴리면서 공직에서 손가방 들고 출·퇴근하는 아들을 만들기 위해, 소 팔고 논 팔아서 대학까지 보냈는데, 기껏 공부를 마치고는 4-H에 빠져 농촌계몽운동을 한다고 밤낮을 가리지 않았으니 부모님의 억장이 무너져 내렸을 것은 명약관화(明若觀火)한 일이었다. 지금도 그 생각을 하면 나는 부모님께 송구스럽고 죄스럽기만 하다.

그러나 나는 내가 걸어온 날들을 결코 후회하지 않는다. 대학시절 농촌봉사활동을 하면서 낮에는 분무기를 짊어지고 하수도와 변소를 소독해 주고, 밤이면 문맹 청소년들에게 야학을 하고 4-H 과제지도를 하는 한편 '우리도 잘 살아보자, 잘 살 수 있다' 고 희망의 사자후를 외쳤던 시절들이 언제 그런 일이 있었나 싶게 아득히 멀게만 느껴진다. 도대체 그 열정, 그 기개는 내 몸 어디에서 활화산처럼 뿜어져 나왔는지 가끔 나 자신조차 의문스러울 때가 있다.

우리네 부모들이야 어떻게 사시건, 마을이야 영세하건 말건, 고등학교 정교사 자격증을 가지고 도시로 나가 살았다면 내 일신이야 오죽 편했을까? 그런데 그 평탄한 길 다 두고 농촌운동으로 젊음을 불사르고, 남을 위한 봉사로 70평생을 그렇게 살았으니 참 못 말리는 팔자라는 생각이 든다.

그래도 뒤돌아보니 그 시절이 그립다. 우리 맹동면도 음성군도 도내에서 으뜸가는 잘 사는 고장으로 발전했고, 나 또한 농협조합장 7선, 통대의원 1~2대, 군의원, 도교육위원회 부의장, 두 번의 군의장 등 15번의 선거에서 한 번도 실패하지 않고 전승(全勝)을 거두었다.

이 모든 것은 젊은 시절 몸을 던져 농촌운동을 했고 사심 없이 남을 위해 몸을 사리지 않고 열심히 뛰어다닌 나를 지역 주민들이 알아주고 지지해 준 덕분이라고 생각된다. 고향 분들 한 사람 한 사람을 찾아다니며 일일이 감사의 인사를 해야 하는 것이 도리지만 이 자리를 빌어 다시 한 번 머리 숙여 감사를 드리는 바이다.

2006년 5월

음성군의회 의장실에서 **안 병 일** 씀

프롤로그 2

확고한 신념 위에 노력 보태면 성공 못할 사람 없어……

세월이 참 빠르다. 엊그제 초·중·고·대학을 나와 직장생활을 했고 어느새 정년을 했는가 싶은데 벌써 83세가 되었다. 우리나라 남자 평균 나이가 77.6세이니 나는 훨씬 더 많이 살았지만 이제 남은 삶이 얼마 안 남았다고 생각된다.

'시간은 날아가는 화살 같다' 는 말이 있다. 시간이 오죽 빠르게 느껴졌으면 '날아가는 화살' 에 비유했을까? 그런데 왠지 이 말이 요즘 들어 꽤 실감나게 다가온다. 뒤돌아보니 그 동안 80평생을 살아왔는데 언제 그렇게 세월이 빨리 흘렀나 싶다. 그러나 이 빠른 세월을 어떻게 활용하고 살았는가는 저마다 다 다를 것이다. 각자 주어진 생을 값있게 산 사람도 있고 그냥 태어났으니 무미건조하게 산 사람도 있을 것이다.

나는 요즈음 정주영 씨가 쓴 자서전을 읽으며 많은 것을 배운다. 그 어른처럼 확고한 신념 위에 최선을 다한 노력을 보태면 성공 못할 사람이 없을 것이다. 평소 나도 매사에 심사숙고하며 최선을 다하고 결과에 순응한다는 생활철학을 가지고 살았는데 과연 내가 그렇게 살았는지 반문해 본다.

돌이켜보니 생각은 했지만 실천을 하지 못한 일들이 많이 있었다. 그러나 이제 다 살았는데, 돌이켜 후회해야 무슨 소용이 있을까 싶다. 그저 현실에 만족하는 수밖에.

나는 10년 전 음성군의회 의장을 끝으로 공직생활을 마감하였다. 공직생활이 끝났어도 나는 여전히 바쁘게 생활했다. 그리고 그 10년이라는 세월이 흐르는 동안 많은 일들이 있었다. 먼저 살고 있던 집을 헐고 현대식으로 새로 지었고 집 앞에 태양광 발전기구도 설치하였다.

또 건강이 좋지 않아 수술도 받았고, 동강에서 래프팅을 하다가 배에서 떨어지는 등 죽을 고비도 여러 번 넘겼다. 그러면서 내가 뼈저리게 느낀 것은 내가 이렇게 죽을 고비를 넘겨가면서도 여전히 건강하게 복을 받고 사는 것은 모두 우리 부모님의 공덕 덕분이라는 생각과 우리 가족이 믿고 섬기는 하느님이 보살펴 주신 구원의 은총이라 믿어진다.

부모님은 그 어려운 시절에 농회소를 팔고 농지 1,000평을 팔아서 나를 가르치셨다. 6남매를 다 가르칠 수 없으니까 장남 하나라도 잘 가르치면 동생들과 집안을 일으킬 수 있으리라 생각하셨던 것이다. 결국 1959년 2월 16일, 나는 청주대를 졸업할 수 있었다. 그야말로 눈물의 졸업장을 손에 쥔 것이다.

그날 이후 나는 돈이 없어 공부를 못하는 사람을 돕고 살아야겠다는 것을 꿈으로 가졌다. 내 자식들과 손자들은 물론 우리 봉암 마을에서는 공부를 하겠다는 학생들이 돈이 없어서 공부를 못하는 일은 없었으면 하는 바람이었다. 그런 마음으로 영일장학회를 만들었고 현재까지 5,000만원의 기금을 출연하여 매년 대학에 진학하는 마을의 학생들에게 입학금을 지원해 주고 있다.

창밖을 내다본다. 하늘은 맑고 말은 살찐다는 천고마비의 계절, 들판에는 누렇게 익은 벼가 바람결에 출렁이고 있다. 길가에는 색색의 코스모스가 피어 하늘거리고 집집마다 감나무에 감이 주렁주렁 열렸다. 참 멋진 풍경이다. 평화스런 창밖을 내다보며 나는 과연 잘 살아온 것일까? 스스로에게 반문해 본다. 착하고 어진 아내를 만나 6남매를 낳았고 그 중에 서울대를 두 명 보냈으며, 나머지 자녀들도 모두 사회와 국가에 이바지하는 삶을 살아가고 있다. 그리고 손자 손녀는 모두 13명이니 자식농사는 잘 지었다고 생각한다. 손자 중 2명이 국립 의과대학교 대학원 졸업반이다.

또 15번의 선거를 치러서 15번 모두 당선의 영광을 차지한 것도 결코 내가 잘못 살지 않았음을 증명하는 것이리라. 그리고 공직생활도 끝까지 잘 마무리하였고 그동안 주례를 선 것만도 500쌍에 이른다.

2016년 10월 30일에는 우리 내외 결혼 60주년을 축하하는 회혼례를 치렀다. 자식들 6남매가 뜻을 모아 부모님 회혼례를 축하해 주려고 2016년 최신형 벤츠자동차를 사서 선물했다. 감사하다. 자식 6남매를 낳아 키우고 가르칠 때는 힘들었지만 이제는 보람을 느끼며 행복한 노후를 즐기며 여한 없는 삶을 살고 있다.

나는 이제 얼마 남지 않은 생을 오늘의 내가 있기까지 온갖 고생을 하면서도 참고 헌신한 아내를 위해 그간의 노고에 보답하고, 불우한 이웃사람을 돕고 아름다운 사회를 위해 싱글벙글 캠페인도 벌리면서 봉사하며 살려고 한다.

그간 내가 80평생 살아온 이야기를 자서전이란 이름으로 묶어 책자를 발간한다. 이 책은 특별히 출판기념회를 열지 않고 회혼례에 참석한 하객들에게 한 권씩 나누어 줄 것이다. 참석한 모든 분들에게 감사의 인사를 드린다.

2016년 10월 30일

안 병 일 씀

차례 Contents

제 1 장
마음이 머무는 풍경

제2장
사모곡

제3장
큰일하려면 가정이 편안해야

제4장
상록수를 꿈꾸며

– 농촌운동의 횃불을 들고

제5장 패배를 몰랐던 선거

– 그 전승(全勝)의 신화

제6장 의정 보고서

차례 Contents

제 7 장

마음을 깨우치는 소중한 가르침

제8장
희망과 신념으로 살아온 세월들

축사

이웃 위해 봉사한 아름다운 삶, 이 책을 통해 더욱 빛나기를……

꽃동네 **오웅진** 신부

축하합니다.

"너희의 착한 행실을 보고 하늘에 계신 너희 아버지를 찬양하게 하여라." (마태오 5장 16절)

안병일(마태오) 형제님은 하느님의 사랑으로 좋으신 부모님을 만나 이 세상에 태어나 하느님의 축복 속에 강산이 여덟 번 변해 온 세월 동안 인생의 많은 부분을 활발한 사회활동으로 지역사회와 국가를 위해 기쁘고 행복하게 봉사를 하셨습니다.

지난 삶을 회고하며 잔잔한 감동을 자아내는 이 책을 펴내는 안병일(마태오) 형제님께 축하드리며, 좋으신 하느님 아버지와 우리 주

예수 그리스도와 성령님의 이름으로 축복합니다.

이 세상을 살아가는 인간의 삶의 유형을 보면 크게 세 가지로 나눌 수 있습니다. 첫째는 이기적인 인간형, 둘째는 개인주의적인 인간형, 셋째는 이타주의적인 인간형입니다.

이기주의적 인간형은 남이야 어찌 되든 말든 남을 해롭게 하면서라도 오직 자기 자신의 이익만을 위해서 살고, 개인주의적인 인간형은 남에게 도움도 받지 않고 남을 도와줄 줄도 모르면서 자기 자신을 위해 살아갑니다.

이타주의적인 인간형은 자신의 이익을 생각하지 않고 자신을 희생하면서 이웃을 사랑하고 사랑을 실천하는 삶을 사는 사람입니다. 이중에서 가장 행복한 삶은 이타주의적인 삶입니다. 하느님을 믿고 하느님의 뜻에 따라 사는 사람은 이타주의적인 삶을 살게 됩니다.

안병일(마태오) 형제님은 참으로 행복한 삶을 살아 오셨습니다. 한 가정의 아버지로서 남편으로서 자식으로서 충실히 살아오셨고, 오랜 기간 동안 공직에 몸담아 지역사회 발전을 위해 수고 많이 하셨습니다.

안병일(마태오) 형제님이 천주교회에서 세례를 받고 하느님의 자녀로 부모에게 효도하고 자녀를 사랑하고 이웃을 위해 봉사하며 살아오신 아름다운 삶이 이 책을 통하여 더욱 밝게 빛나며, 이 책을 읽는 사람들에게도 그 빛이 환하게 비추어져서 선하고 아름다운 열매를 맺고 하느님 아버지를 찬양하게 되기를 바랍니다.

지난 83년 동안 하느님의 축복으로 사랑의 삶을 사시고, 이제 모든 공적인 책임을 떠나 자연으로 돌아와 가정과 이웃을 위해 남은 생애를 더욱 큰 사랑의 삶을 살기를 다짐하는 안병일(마태오) 형제님께 하느님의 축복이 늘 함께 하시기를 기원하며 자서전《음성에 태어나서》의 출판을 다시 한 번 축하드립니다. 사랑합니다.

2016년 10월 30일

음성 꽃동네 창설자 **오 웅 신** 신부

축사

음성 발전에 산 증인의 발자취를 보면서

전 음성군수 **박 수 광**

과거를 무시하는 사람은 자신을 무시하는 사람이라는 말이 있습니다. 미래를 지향하되 과거를 밑거름으로 우리가 존재하는 것입니다. 오늘은 참으로 기쁜 날입니다.

평소 존경해마지 않았던 안병일 의장님이 곧 자서전을 내시는 데 축사를 부탁하셨습니다.

저자는 보릿고개 시절 대학을 졸업하였으나 평탄한 길 마다하시고 농촌운동과 고향 발전에 온몸을 던져 열심히 일하신 분입니다.

곁에서 지켜본 저자는 한시라도 고향 발전을 빼놓고는 존재할 수 없었던 분이었습니다. 저자는 우직하신 성품으로 저자의 아성을 후배들에게 당당하게 양보하시고 이제는 조용히 자연인으로 돌아가셨습니다.

사실 우리는 본받아야 할 선현들이 있었기에 그 분들을 배우고 따르며 우리가 존재해 왔습니다. 앞서 걸으신 분들의 뒤를 따르며 오늘을 사는 지혜를 배우고 내일을 살아갈 지표로 삼아 왔습니다.

저자의 삶이 바로 그러하지 않았나 하는 생각이 듭니다. 농촌의 발전을 위해서라면 불도저 같은 저력으로 온 몸을 내던져 설령 그 곳이 불구덩이일지라도 과감히 들어갈 뜨거운 열정에 감탄하고 또 감탄을 합니다. 저자께서는 참으로 많은 일을 하셨습니다.

그동안 맹동농협 조합장으로 맹동수박 보급 및 홍보에 앞장서 올해 수박특구로 지정될 수 있는 기반을 조성하셨고, 음성군의회 초대 의장직을 수행하시면서 음성군의회 의정활동의 기틀을 마련하셨습니다.

또 충청북도 교육위원으로서 우리 고장의 교육환경 개선과 발전을 위하여 남다른 노력을 하시는 등 많은 공적을 남기셨습니다. 그리고 제4대 음성군의회 의장으로 당선되시어 의회와 집행부를 조화롭게 하여 군정 발전이라는 큰 틀에서 의정활동의 꽃을 피우셨고 마침내 공직 활동을 후배 양성을 위하여 명예롭게 마감하셨습니다.

저자의 오랜 사회생활과 공직 활동으로 쌓은 경험과 노하우는 우리 지역과 사회를 위해 쓰여야 할 소중한 자원이라고 생각합니다. 저자는 우리 고장의 일꾼으로서 분명 훌륭한 인재요 큰 일꾼이었습니다. 지금은 비록 자연인으로 돌아오셨지만 지역의 선도자로서 구심

점이 되어 주시길 간절히 바라마지 않습니다.

이 글이 부디 많은 사람들의 심금을 울리는 책이 되어서 뜻을 세우고자 하는 데 길잡이가 되는 역할을 다하는 책이 되었으면 하는 마음 간절합니다. 다시 한 번 자서전을 내는 저자의 열정에 박수를 보내면서 진심으로 축하를 드립니다.

감사합니다.

2016년 10월 30일

전 음성군수 **박 수 광**

축사

우리 지역 농업 · 농촌 · 농업인과 농협의 산 증인이신 선배님

농협중앙회 음성군지부 전 지부장 **김 광 렬**

존경하는 선배님의 회혼식을 즈음하여 자서전을 출판하신다는 말씀을 듣고 진정으로 축하의 인사를 올립니다.

저는 지난 45년간 선배님을 가까이 혹은 멀리서 뵈면서 젊고 패기만만했던 시절과 최근까지 열심히 열정적으로 생활하시던 모습을 잘 알고 있습니다. 선배님 연세에 4년제 정규대학을, 그것도 6.25 동란 이후 황폐한 농촌 출신이 다닐 수 있었다는 것은 그 당시로는 꽤나 어려운 일이었습니다.

또한 졸업 후 국가의 동량으로서 농촌이 아닌 도시에서의 직장생활도 얼마든지 하면서 편하게 생활을 영위할 수 있으셨지만, 어려운 농촌을 좌시할 수 없었기에 우리 농촌과 농업을, 그리고 농민 조합원의 수입증대로 보다 나은 생활을 영위할 수 있는 지도자의 길을 선배님께서는 선택하셨습니다.

20대의 젊은 연세에 4-H 운동을 시발점으로 농촌의 젊은이들을 창의적인 사고와 과학적인 행동을 통해 미래의 주역으로 키우고자 하는 노력을 경주하시면서 처음에는 음성지역을 시작으로 전 도내를 다니면서 약 10년 동안 농촌운동의 선구자적인 역할을 다하셨습니다.

이후 뜻하신 바 있어 우리 농촌경제의 구심인 농협에 몸을 담게 되셨는데, 초창기 이동조합을 그 당시 음성군 농협 조합장으로 계시다가 국회의원까지 역임하신 남상돈 님과 함께 깊고 심도 있는 의견을 조율하여 1969년 전국에서 제일 먼저 면단위 맹동농협을 출범시켰습니다.

그 후 20여 년간 초창기 무보수 조합장으로 7선을 하시는 동안 오로지 맹동지역 농민 조합원의 소득증대를 위해서 그리고 오늘날 최우수 농협을 만들기 위해 애썼던 그간의 노력과 고초는 이루 다 형언할 수 없습니다.

또 우수한 맹동지역 쌀을 비싼 가격으로 팔기 위해 도내 최초의 청결지대미 생산을 시작한 일과 지금의 맹동수박을 전국에서 처음으로 도입하여 맹동지역 농민 조합원의 농가소득을 군내는 물론 도내 어느 지역보다도 높이 올릴 수 있도록 노력하신 점은 결코 잊지 못할 것입니다. 그리고 20여 년간 해 왔던 조합장직을 초창기 무보수에서 완전 자립조합으로 육성하시고 후배를 위해서 스스로 용퇴하셨으며 그 동안의 공로를 인정받아 전 조합원의 뜻이 담긴 공덕비가 맹동농협 정문에 세워졌습니다.

선배님은 이후 군의회 초대의장, 충청북도 교육위원회 부의장, 끝으로 지난 2006년 6월말 4대 군의회 의장으로 모든 공직생활을 접으시고 자연인으로 돌아가셨습니다.

그 동안 오직 농촌을 위해 아낌없이 애정을 주셨던 선배님!

정말 장하시고 훌륭하십니다. 존경하는 선배님의 과거사를 정리하신 이 자서전이야말로 진실로 후배들을 위해서 꼭 필요한 신교육 자료로 활용될 책자임을 확신하며 후배인 제가 영광된 마음으로 다시 한 번 축하를 드립니다.

2016년 10월 30일

농협중앙회 음성군 전 지부장 **김 광 렬**

安炳一 議長 退任을 기리며

음성 고을 찾아가면 당신이 있습니다
물안개 가르며 배움의 길 닦더니
가섭의 큰 별로 뜬 것
우연은 아닌 거여

골마다 숨은 시름 헤아리고 헤아리다
살맛나는 고장으로 탈을 바꾼 당신이여
찍고 돈 발자국마다
새겨 놓은 그대의 얼

미륵뎅이 함께 돌던 그 옛날을 생각는다
파란 꿈 엮던 날이 어저께만 같은데

어느새 희끗한 머리 사이
저녁놀 물이 드네

노을같이 살고픈 것 우리들 바램일라

봉암리 앞뜰에다 무지개를 꽂게 한 님

가시는 길목 위에다

꽃 수 놓아 드리리

2016년 10월 30일

서울 관악구문인협회 회장 **조 성 국**

축사

농촌운동이 신앙이었던 우리 매형님

시인 · 진천군 문인협회 회장 **오 만 환**

이 책의 저자는 나의 큰 매형님이시다. 아버님은 7남매를 두셨는데 누님이 맏딸이시고 나는 한참 어린 맏아들로 태어나 왕자님처럼 사랑을 많이 받고 자랐다. 조카 홍헌이가 나보다 세 살 아래이니 아들 같은 처남이요 매형님은 내게 아버지 같은 분이시다.

어려서는 아버님의 손을 잡고 혹은 업혀서 누님 집에 갔고, 크면서는 차를 타고도 갔고 걸어서도 갔다. 그러니 누구보다 가까이서 지켜본 한 사람으로서 기쁜 마음으로 매형님의 삶과 정신세계를 살펴보고자 한다.

매형님 부부와 아이들은 한결같이 효성이 지극하다. 맏이지만 친정 부모를 모실 수 없음을 늘 안타깝게 생각하는 누이의 갸륵한 마음과 실천은 온 가족에게 전이되었고 매형님이 늘 솔선하셨다.

몇 가지 예를 들면 시골에 라디오가 겨우 보급될 무렵 텔레비전을 설치해 주셨으며, 나와 동생들의 진로라든지 크고 작은 일에 아버님의 걱정을 덜어드리려 물심양면 애쓰시는 모습은 오래 기억에 남았고 나도 빨리 커서 직업을 갖고 효도하리라 하는 마음을 갖도록 깨우침을 주셨다.

아버님이 여든 셋 되는 해 매형님 내외는 아버님 내외분을 모시고 금강산을 여행하셔서 만물상과 해금강의 추억을 안겨 드린 일도 있다. 감격적인 일들이 어디 그뿐이겠는가? 처가와 외가에 이렇듯 효도를 다하고 어른들을 잘 모시는데 친가와 이웃들에게도 모범이 되는 것은 불문가지(不問可知)의 이치일 것이다.

매형님은 음성 그리고 충청북도 4-H와 농촌운동의 선구자였다. 내가 중학교를 다닐 때 지덕노체 네 향기에 취하여 4-H 구락부 활동에 참여한 바 있어 당시 농촌실상을 잘 알고 있었다.

내가 대학에 다닐 때의 일이다. 하루는 음성 유포리가 고향인 합동무선의 장기선 기술자를 만나 건국대학교 방송시설을 협의하면서 혹시 우리 매형 안병일 씨를 아시느냐고 물었더니 4-H 농촌 자원 지도자 회장이며 농촌을 위해 힘쓰고 애쓴다는 이야기가 술술 나왔다. 그 순간 매형이 얼마나 자랑스러웠는지 모른다.

나는 방학 때면 늘 매형님을 찾아가 농촌운동에 대해 말씀을 들었고 때로는 격렬한 토론도 하였으며 잘 따랐다.

나는 전자공학도였고 대학에서 민주화를 부르짖으며 유신을 반대하는 의식을 갖고 있었는데 그래도 끝까지 들어주시고, 농촌이 잘 살아야 한다고 또 잘 살 수 있다고 '우리도 잘 살아보세' 노래도 하시며 새마을 운동과 통일벼의 증산효과를 말씀하셨다.

또 박정희 대통령에 대한 존경심과 농촌운동이 우리 매형님에게는 '신앙이구나' 이런 느낌을 강렬하게 받았는데 날이 지나고 해가 바뀌어도 그 믿음은 커져만 갔다.

그런데 여러 공직을 놓으시고 자연인으로 돌아가셨으니 어쩌면 농촌운동의 횃불을 들고 보릿고개를 몰아낸 상록수의 1세대가 물러갔구나, 정열 또한 꺼져 가는데 이것을 누가 이을 것인가? 하는 아쉬움과 허전함 또한 숨길 수가 없다. 농촌은 아직도 힘겹고 미래가 보이지 않는데 거름을 주셔야 하는데……, 그러나 어디 가시겠는가?

아마도 매형님은 들국화 향기 그윽한 봉암 들녘, 경지 정리된 논두렁 혹은 마을 회관 앞마당에서 아침저녁 자식을 바라보듯 농촌에 희망과 지혜를 주실 것이다. 그리고 하느님을 믿는 신도로서 우리 누님과 60년 해로(偕老)하셨듯 앞으로의 삶에도 행복이 가득하시기를 기원하며 크나큰 박수로 감사와 축하의 글을 갈음한다.

2016년 10월 30일

진천군 문인협회 회장 **오 만 환**

제 1 장

마음이 머무는 풍경

6남매 맏이로 태어나
아득한 유년의 뜨락
국민학교 시절
서당에서 글을 지어 장원을 차지하다
농사일을 거들다
고등공민학교와 중학교 시절
청주공고 시절
청주대학교 시절

6남매 맏이로 태어나

나는 1934년 4월 12일(음력 2월 22일), 충북 음성군 금왕읍 유포리 벌터에서 아버지 안영호(安榮濩) 님과 어머니 장장성(張張性) 님 사이에서 6남매의 맏아들로 태어났다. 유포리에서 다섯 살 되던 해까지 살다가 부모님을 따라 맹동면 봉현리 봉암으로 이사해 유년 시절을 보내고 현재까지 살고 있다.

본관은 순흥(順興)으로 고려 말 혼란과 모순을 수습하고 조선 5백년의 정치이념 기반이 되었고, 주자학을 일으켜 조선인들의 추앙을 받았던 고려 중기 명신(名臣) 회헌(晦軒) 안향(安珦)이 중시조이다.

우리 집은 뒤에 산이 병풍처럼 둘러서 있고 앞에는 넓은 들이 펼쳐져 있으며 그 가운데로 냇가의 맑은 물이 흐르는, 아주 아름답고 전형적인 농촌이다.

아버님은 1907(丁未)년 생으로 시조(始祖), 자(子) 미(美)의 25대 손인 부친 종섭(鍾燮) 옹(翁)의 차남으로 출생하셨다.

아버님의 성격은 과묵하시고 호걸풍에 건장하셨으며 인정이 많으셨다. 특히 밥술이나 자시던 시기에는 설 명절에 쌀섬을 풀어서 어려운 이웃을 돕는 선행을 베푸시고, 말년에는 마을 경로당 신축을 위해 대지 200평을 부락에 기탁하시어 송덕비가 제수되었다.

아버님은 평생을 근면 성실하고 겸손하게 사셨다. 평소 아버님은 '땅은 거짓말을 하지 않으며 심는 대로 거둔다' 는 말씀을 즐겨 하셨다. 나는 아버님에게 성실함과 근면함을 물려받았으며 우리 농토를 아끼고 사랑하는 법을 배웠다.

어머님은 1913(癸丑)년 생으로 매우 인자하시고 부지런하셨으며 알뜰하셨다. 특히 자녀교육열이 높으셨고 동기간에 우애가 돈독하였으며 가톨릭 신자로서 신앙심이 깊고 예절 또한 바르셨다.

나는 4남 2녀의 장남으로 태어나 부모님의 극진한 사랑을 받고 자랐다. 그리고 장남 하나만이라도 어떻게든 가르쳐야 한다는 부모님의 배려로 50년대 보릿고개 시절 형제들 중 유일하게 대학을 졸업하고 학사모를 썼다.

정교사 자격증을 취득한 나를 보며 부모님은 농사일을 대물림시키지 않게 됐다며 기뻐하셨다. 그러나 그 기쁨도 잠시, 나는 취업을 해서 도시로 나가지 않고 고향으로 돌아와 4-H 농촌 계몽운동에 투신하여 젊음을 불살랐다.

내 고장 농촌을 발전시키겠다는 일념으로 농촌운동을 하면서 마을 앞 60여 정보의 전답을 전국 최초로 경지정리사업을 유치하여 농촌기계화를 앞당겼고, 그 공로를 인정받아 정부로부터 향토문화 공로상, 상록수상을 수상하였으며 당시 박정희 대통령으로부터 지역개발 표창을 수여받았다.

어머니가 살아계실 때 나누었던 대화가 새삼스럽게 생각이 난다.

"어머니, 제 취미가 뭔지 아세요?"

"너는 뭐여, 일 벌여 놓고 일하는 게 취미지."

나를 누구보다 잘 아는 어머니는 웃으며 말하셨다. 사실 맞는 말씀이시다.

"너는 헙헙하고 실속 없이 베풀기 좋아하는데 그렇게 헐랭이 짓을 하고도 쓸개를 달고 다니는 게 용하다."

어머니의 말씀에 나는 대답했다.

"어머니 가죽 속에 들은 복은 누구도 뺏어가지 못해요."

나의 응석어린 말씀에 어머니는 그저 웃으셨다.

"병일아, 백 원에 십 원이 없어도 백 원으로 못 쓰고 천 원에 백 원이 없어도 천 원으로 못 쓴다. 굳은 땅에 물이 고이는 법이다. 지독하게 살아라, 실속 없이 헐랭이 짓하면 돈 못 모으고 식구들 고생시킨다. 돈 쓴 자랑하지 말고 묶어 놓고 여유 있게 살아라."

어머니의 말씀은 조금도 틀리지 않았다. 그러나 아무리 어머니 말씀대로 살아야지, 하고 다짐을 해도 눈앞에 어려운 사람이 보이면 나는 주머니를 아낌없이 털고는 했다. 타고난 천성 탓이었다.

6남매 맏이로 태어나 혼자 대학을 다녔기에 나는 동생들에게 늘 미안한 마음으로 살아왔다. 그러나 동생들은 형을 원망하지 않고 역시 나름대로 열심히 자립하여 살고 있다.

둘째 동생 병석은 부모님이 물려주신 전답을 경작하면서 육남매를 두었는데 조카 문헌은 충북대를 졸업하고 농협 전무로 근무하고 있고, 달헌은 고등교육을 받고 회사에 근무하고 있다.

셋째 동생 병만은 가정형편이 어려워 학업을 중단하고 일찍 상경하였으나 온갖 역경을 인내와 노력으로 극복하고 운수사업에 투신하여 성공하였으며, 삼남매를 두었는데 조카 영헌은 고등교육을 마치고 개인 사업을 하고 있다.

넷째 동생 병영은 부모님이 물려주신 전답을 경작하다 상업으로 전환하여 성공한 후 새마을금고 이사장을 거쳐 충북비료판매협동조합 이사장으로 근무하다 퇴임, 사업을 하고 있다. 삼남매를 두었는데 조카 수헌은 고등교육을 받고 아버지 사업을 계승, 사업가로 활동하고 있다.

누님 순아는 결혼하여 삼남을 두고, 여동생 순옥은 4남매를 두었으며 서울에서 자식들을 훌륭히 키워 안정된 생활을 하고 있다.

아득한 유년의 뜨락

어렸을 때 나는 동네에서 소문난 개구쟁이였다. 문을 열고 밖으로 나가면 툭 트인 벌판을 시작으로 냇가, 야트막한 산, 나무, 풀벌레 등 눈에 뜨이는 모든 것이 우리들의 놀이터이자 장난감이었다. 나는 동무들과 어울려 냇가로 가서 벌거숭이인 채로 미역(수영)을 감고 산으로 들로 뛰어다니며 어린 시절을 보냈다.

하루는 담배 건조실 꼭대기에 사다리를 타고 올라갔다. 그런데 한참 놀다 보니까 방금 전까지도 있었던 사다리를 누가 치워 버려 내려갈 수가 없었다. 고개를 빼고 밑을 내려다보니 동네 누나가 나를 빤히 쳐다보고 있었다.

"여기 사다리 누가 치웠어?"

내가 묻자 동네 누나가 대뜸 말했다.

"너 지난번에 나한테 욕하고 까불었지? 어디 오늘 골탕 좀 먹어 봐라."

처음에는 약을 올리다가 사다리를 다시 놓아주겠지 했는데 내가 잘못했다는 말을 하지 않자 누나는 정말 화가 났는지 가버리는 것이었다. 꼼짝없이 옥상에서 밤을 샐 생각을 하니 안 되겠다 싶어 나는 누나를 다급히 불렀다. 다시는 안 그러겠다고 하사 그제야 누나는 사다리를 갖다 주었다.

동무들과 어울려서 참외서리, 콩서리도 종종 했다. 그런데 동네가 워낙 좁아서인지 아무개집 아이들이 아무개집 참외서리를 했다는 소문이 온 동네에 퍼졌다. 친구들과 참외서리를 하고 집으로 돌아오면 어김없이 참외밭 주인이 쫓아와서 참외밭을 다 망쳐놨으니 변상하라고 호통이었다. 물론 지금처럼 그렇게 야박하지는 않던 시절이었다. 참외밭 주인이 쫓아온 것은 참외 값을 변상하라는 것보다 다음에는 그러지 말라는 예방차원이었다. 아무튼 서리를 하고 돌아온 날은 어떤 경로를 통해서든 어머니에게 들켜 호되게 야단을 맞고는 했다.

정월 대보름에는 쥐불놀이를 했던 기억이 난다. 원래 쥐불놀이(鼠火戱, 서화희)는 정월 첫 쥐날(上子日, 상자일)에 쥐를 쫓는 뜻으로 논밭 둑에 불을 놓는 세시풍속의 한 가지 놀이였다. 이날은 마을마다 아이들이 자기네 마을에 있는 논두렁이나 밭두렁에 불을 붙여 잡초를 태웠다. 쥐불을 개울 제방 둑에 죽 당겨놓으면 저쪽 동네에서도 함께 맞불을 놓고 두 불이 와 마주치면 현란한 불꽃이 이는데 정말 볼만했다. 쥐불은 쥐, 또는 해충을 죽이기 위한 의미도 있었지만 쥐불의 크고 작음에 따라 그해의 풍년과 그 마을의 길흉을 점치기도 했다. 불의 기세가 크면 좋았기에 우리들은 불길이 높게 일면 함성을 지르며 기뻐했던 생각이 난다.

또 정월 대보름날은 더위를 파는 날이기도 했다. 가급적이면 보름날 아침에 일찍 일어나 더위를 팔아야 했다. 이는 농사철을 대비하여 사람들에게 부지런함을 일깨워 주기 위해서가 아니었나 싶다. 그러니까 부지런한 사람이 더위도 먹지 않는다는 말이다.

더위를 팔기 위해서는 해가 뜨기 전에 일어나서 이웃 친구들을 찾아가 이름을 불렀다. 이 때 친구가 대답을 하면 '내 더위 사 가라' 고 한다. 이렇게 하면 더위를 판 것이 되고, 판 사람은 1년 동안 더위를 먹지 않았다. 그러나 멋모르고 대답을 했다가 산 사람은 그 사람의 더위까지 두 몫의 더위를 먹게 된다. 그래서 대보름날 아침에는 친구가 이름을 불러도 대답을 하지 않고 기다렸다가 오히려 '내 더위 사 가라' 고 역습을 하기도 했다. 그러면 더위를 팔려고 했던 사람이 오히려 더위를 먹게 된다고 했다. 더위는 한 번 팔면 그만이지만 장난꾸러기들은 여러 사람에게 더위를 팔수록 좋다고 해서 이 집 저 집 찾아다니며 아이들을 곯려 주었다.

아침 일찍 더위를 팔러 동무들이 우리 집에 오면 어머니가 '이놈 자식들! 우리 집에 와서 더위 팔지 말고 다른 집으로 가라' 며 동무들을 내쫓아 버렸던 기억도 난다.

정월 대보름 아침에는 일어나자마자 땅콩이나 호두를 깨무는 '부럼' 을 까기도 했다. 요즘은 피부가 예민한 아이들이 아토피에 걸리지만 그 때는 영양상태가 고르지 않아 부스럼이 나는 경우가 흔했다. 그런데 땅콩이나 호두에는 부스럼을 막아주는 영양소가 많이 들어 있다. 이 세시풍습은 정월 대보름만이라도 아이들에게 영양식을 먹이려 했던 우리 조상들의 지혜가 엿보인다.

그 밖에도 대추나무, 감나무 가지에 돌을 얹어 장가를 들이면 열매를 많이 맺는다고 해서 가지 사이에 돌을 끼워 넣었던 일도 기억난다. 또 새덫을 만들어 놓고 벼이삭으로 새를 유인해 잡기도 했다. 참새는 약아서 잘 잡히지 않았지만 일명 촉새라고 불리는 들새는 많이 잡혔다.

8월 추석에는 거북놀이를 했다. 수수 잎사귀를 따다가 인디언 족들이 입는 치마처럼 수수 잎으로 치마를 만들어 입고 위는 갑옷같이 옷을 만들었다. 이 놀이는 마을 청년들이 수숫대 또는 볏짚 따위로 거북 모양을 만들어, 그 속에서 앞에 한 사람, 뒤에 한 사람이 자리하고 마치 거북이 돌아다니듯이 집집마다 찾아다니며 한바탕씩 노는 것으로 마을 사람들 모두가 함께 즐기며 각 가정의 복을 빌었다. 거북놀이 팀이 한바탕 놀다가 땅바닥에 엎드려 움직이지 않으면 집주인은 떡 · 과일 · 술 따위로 푸짐한 음식상을 내놓았다. 거북은 장수(長壽)와 무병(無病)의 동물로 거북과 같이 무병장수함을 기원하고 마을의 잡귀 · 잡신을 쫓는다는 뜻에서 유래되었다.

어려서부터 리더십이 강했던 나는 동네에서 병정놀이를 하거나 쥐불놀이, 혹은 그 밖의 놀이를 할 때면 늘 선두에 서서 대장노릇을 하곤 했다. 지금도 눈을 감으면 함께 뛰어놀았던 동무들과 여러 가지 놀이로 시간을 보냈던 기억이 바로 엊그제의 일처럼 눈에 선하다.

요즈음 도시 아이들은 학원이나 기타 교습소에서 과외를 하느라 바빠서 통 나가 놀 시간이 없다고 한다. 우리 어릴 때를 추억해 보면 지금도 이렇게 마음이 푸근하고 풍요로운데 시간이 지날수록 자연과 벗할 소중한 기회를 갖지 못한다는 것이 안타깝다는 생각이 든다.

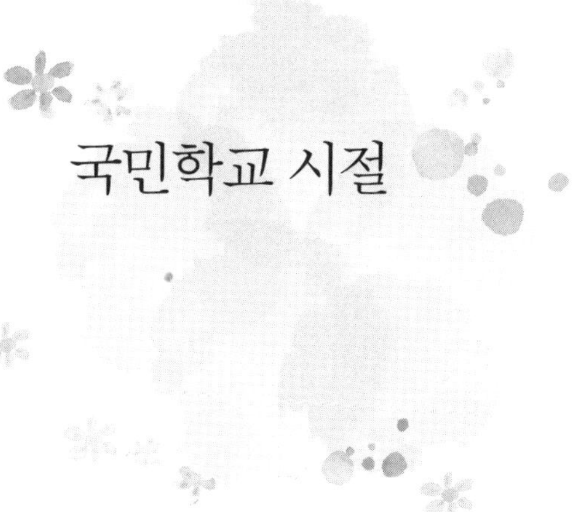

국민학교 시절

나는 6남매 중 맏이로 태어나 부모님의 따뜻한 사랑과 정성으로 잘 자라 8살 때 맹동국민학교 면접과 구술시험을 치고 입학했다.

집에서 학교까지는 4km 정도 되는데 도중에 통미산이 있었다. 통미산에는 땡비벌 굴이 몇 개 있었는데 장난기가 심한 나는 앞서 가다 미리 준비해 둔 돌을 땡비벌 굴에 던지고는 냅다 몸을 피했다. 뒤따라오던 친구들이 땡비벌에 쏘여 '병일이 너 거기 있어' 하고 쫓아오던 모습이 아직도 눈에 선하다.

또 신평동리 앞 길가에 큰 대추나무가 여러 주 있었는데 돌을 던져 떨어진 대추를 주워 먹을라치면 연세 많은 유씨 할아버지가 소리치며 쫓아오시던 일도 떠오른다. 허나 그때 함께 장난치며 일을 저지르던 친구들은 어느새 하나둘 세상을 뜨더니 지금은 몇 명 남지 않았다. 세월이 무상하다더니 허무하기 이를 데 없다. 이 글을 쓰는 사람도 이제 남은 시간이 그리 길지 않은 것 같다.

추운 겨울이면 내의 없이 홑바지만 입고 귀가하다가 서북풍이 불면 하체가 꽁꽁 얼어 소변을 못보고 몸을 녹여야 했던 일, 담임선생님이 국어시간이면 무작위로 학생을 지명해 책을 읽게 하셨는데, 나를 지명하셔서 벌떡 일어나 "선생님 외울까요?" 하고는 책장을 덮은 채 5~6 페이지를 단숨에 다 외웠던 기억도 새록새록 난다. 선생님도 학생들도 모두 시선이 나에게 집중되는 순간, 선생님이 칭찬을 하셔서 우쭐한 기분이 들고 우월감에 내가 최고라는 생각도 들었었다.

우리 담임선생님은 가끔 소설책을 읽어주셨는데 선견지명이 있는 '가고로바상' 이 주인공이었다. 그 소설이 몇 번에 나눠 끝나자, 나는 문득 일본이 망할 것 같은 예감이 들어 일본이 망한다는 소리를 했다. 그때가 4학년 2학기였다. 며칠 지나 담임선생이 나를 교무실로 오라고 했다. 교무실로 들어서는 순간, 담임선생님이 벌떡 일어나더니 느닷없이 내 뺨을 때리셨다.

"야스다 헤이지, 일본이 망한다는 소리를 어디서 들었느냐?"

나는 얻어맞은 뺨을 어루만지며 변명처럼 말했다.

"누구에게서 들은 것도 없고 선생님이 가르쳐주신 소설 주인공 가고로바상 이야기를 듣고 문득 생각나서 한 말입니다."

선생님은 잠시 뒤 나에게 나가라고 하셨다. 이 소문이 삽시간에 학교 내에 퍼져서 내가 가고로바상이 되었다. 더욱이 1년 뒤 5학년 때 일본이 망하고 우리나라가 해방이 되자 내 별명은 더욱 확산되었다. 동기생은 물론 나를 잘 아는 친구들은 나를 만나면 가고로바상이라고 불렀는데 학교 다닐 때뿐만 아니라 졸업 후에도 나는 그 별명으로 불렸다.

몇 년 전, 두성 살던 임창빈이 아들을 따라 서울로 이사를 간다는 말에 농협 앞 가겟집에서 술 몇 잔을 나눴었는데, 그 친구의 마지막 인사말도 "가고로바상 잘 있어" 였다. 우리는 그 말을 끝으로 헤어졌다.

당시 국민학교는 1반에 50여 명이 넘었다. 그런데 졸업생 중 중학교 진학생은 5명 내외이고 나머지 학생은 고향 농촌에서 농사일에 매달릴 수밖에 없었다. 한 동리 큰 마을에는 젊은 사람이 20~30명 있었는데 당시 정부에서는 지덕노체 4H 이념에 따른 4H구락부 생활개선 구락부를 조직, 지도했다. 위로는 농촌진흥청, 도에는 농촌진흥원, 군에는 군지도소가 총동원되어 4H구락부 조직을 장려했다. 물론 나도 4H구락부에 참여했다. 훗날 4H구락부 생활개선, 구락부를 지도하는 군지도자 연합회장 충북 4H지도자 연합회 창립 초대회장이 된 경력이 있다.

서당에서 글을 지어 장원을 차지하다

국민학교를 졸업하고 4H활동에 참여하다 마을 유병기 학자님께서 훈장으로 서당(글방)을 열어 한문 공부할 학생을 모집한다는 말을 듣고 부모님과 상의하여 글방에 다녔다.

서당에 다니면서 동몽선습(童蒙先習)부터 익히기 시작했다. 동몽선습은 천자문을 익히고 난 학동들이 배우는 초급 교재로 가장 먼저 배우는 사서(史書)였다.

나는 훈장님에게 부자유친(父子有親), 군신유의(君臣有義), 부부유별(夫婦有別), 장유유서(長幼有序), 붕우유신(朋友有信)의 오륜(五倫)부터 배웠다. 워낙 외우는 것을 잘 했던 나는 훈장님께 별로 혼나지 않고 서당에 다녔다.

그러던 어느 날이었다.

시골에는 화장실이라는 게 고작해야 땅을 판 후 큰 횃독을 하나 묻고 가운데 통나무 두 개를 달랑 걸쳐 놓은 것이 시설의 전부였다. 문은 가마니때기를 매달아 놓았는데 큰일을 보고 나면 볏짚이나 가마니를 뜯어 뒤를 닦기도 했으므로 문의 일부는 늘 떨어져 나가고 없었다.

마침 서당 옆에는 큰 연자방앗간이 하나 있었고 그 한쪽 구석에 횃독 변소가 있었다. 하루는 공부를 하다가 잠시 쉬는 시간에 밖으로 나왔는데 친구 정인욱이 나를 보고 장난끼가 동했는지 이리 와 보라고 손짓을 했다.

"지금 유인혁이 변소에 들어갔는데 돌을 던지면 놀라서 뛰어나오겠지? 재미있을 것 같으니 우리가 돌을 한 번 던져보자."

안 그래도 구멍이 듬성듬성 뚫려 불안한 데다가 돌까지 던져 오물이 튀어 오른다면 용변을 보면서 얼마나 놀랄 것인가? 생각만 해도 재미가 있었다. 그래서 앞뒤 잴 것도 없이 정인욱이 건네주는 돌을 받아 힘껏 던졌다.

"어떤 놈이냐?"

그러나 고함소리와 함께 변소에서 뛰어나온 사람은 유인혁이 아니라 서당 옆집에 사는 70이 넘은 할아버지였다.

우리는 너무 놀라 일단 줄행랑을 쳤다.

저녁 늦게 집으로 돌아오자 부모님은 내가 돌아오기만을 벼르고 계셨다. 나는 부모님에게 혼이 났고, 다음날 훈장님께 피가 맺히도록 종아리를 맞았다. 그러나 먼저 장난을 치자고 제의했던 정인욱은 혼이 날 것이 두려운 나머지 다시는 서당에 나오지 않았다.

서당은 2년을 다녔다. 처음 천자문을 떼고 동몽선습(童蒙先習)을 읽고 그 다음 소학을 떼고 대학을 조금 읽을 때 봄에 개접을 여는 게 관례였다. 소학을 마친 사람은 글을 짓는데 당시 시제는 돌아갈 귀(歸)와 둑제(堤)였다. 운자에 맞춰 4줄을 짓는데 첫줄이 '雨後鳥飛青山歸' (우후조비청산귀, 비온 뒤에 새가 날아 청산에 돌아갔다)였던 것으로 기억된다.

이 글로 내가 1등을 하여 장원을 차지했다. 또 함께 글을 읽고 글을 지은 유근하 친구도 공동 장원이었다. 관례에 따라 훈장님과 글을 채점하신 학자님들에게 큰 절을 올렸고, 우리 아버님은 기뻐서서 술과 국수로 장원례를 갖추고 나와 함께 귀가했다.

옛날 같으면 시골 글방에서 장원을 한 사람은 서울로 과거를 치러 갔는데, 지금은 세상이 바뀌어 한문은 생활하는 데 불편하지 않는 선에서 끝내야지 무작정 논어 맹자 사서삼경을 읽을 필요가 없지 않은가 하는 생각이 들었다.

그리고 세월이 흐르자 서당에서 함께 공부를 했던 친구, 선배들도 하나씩 그만두고 나중에는 학생 수가 적어 서당 문을 닫고 말았다.

농사일을 거들다

이후 아버님 하시는 농사일을 일부만 거들어도 농사일이 수월할 거라는 판단에 2년을 다닌 글방을 그만두고 농사일을 시작했다. 일은 잠시도 쉴 틈이 없었다. 봄이면 지게에 소쿠리를 얹어 낫을 들고 잔디풀을 뜯어다 모심을 논에 밑거름을 만들었다.

근동에 풀이 바닥나면 집에서 16km 40리나 되는 먼 곳 한태재 너머 지금의 꽃동네연수원 주변까지 가서 갈잎을 베어다 논에 펴고, 겨울이면 그곳까지 가서 나무 삭쟁이, 소나무 말라 죽은 것과 가랑잎을 긁어왔다. 아무리 추운 겨울이어도 나무는 하러 다녀야 했고 신발은 언제나 짚신뿐이었다.

방에 불을 때 난방하고 밥을 지어 먹는 것도 일이었다. 당시는 워낙 민둥산이 많았기에 나무를 하려면 집에서 20리 가량 떨어진 먼 곳까지 가야 했다. 나는 어머니가 싸주신 쑥버무리를 지게에 매달고 왕복 40리를 걸어서 나무를 하러 다녔다. 그런데 터덜터덜 걷다 보면 왜 그렇게 내 인생이 한심하게 생각되는지, 내가 이렇게 나무꾼, 농사꾼으로 한평생을 살다가 가야 하는가 하는 회의가 일었다.

매일 한태재 너머로 지게를 지고 나무하러 가는 사람이 수백 명이나 됐다. 신발을 짚으로 엮어 짚신을 삼아신고 다녔는데, 눈이 와 땅이 꽁꽁 얼은 겨울날에는 신발이 확 풀어지면서 발바닥이 맨발이 되었다. 짚신 삼는 기술 노하우가 부족했기 때문이었다.

하루는 한태재 넘어 섬지골까지 가서 삭쟁이 한 짐을 해 가지고 집으로 돌아오는데 그만 짚신이 풀어져 버렸다. 양말은 어느새 바닥이 다 떨어지고 등만 남아 맨발이 되었는데 난감했다. 궁리 끝에 나무꾼이 버린 새끼줄과 칡넝쿨을 끊어다 발바닥을 칭칭 감고 동여매었다. 가까스로 맨발은 모면했으나 빨리 걸을 수가 없었다. 같이 간 친구들은 먼저 다 가버리고 나 혼자 걷는데, 마산리 모퉁이에서 해가 넘어가고 날까지 어두워졌다.

나는 터덜터덜 걸었다. 그날따라 그 길이 얼마나 멀게 느껴지는지, 더욱 긴장이 되어서인지 발걸음도 꼬였다. 그런데 평소 해질 무렵이면 내가 집으로 돌아오는데 시간이 지나도 오지 않자 어머니가 걱정이 되셔서 이웃집 민재식 아저씨한테 부탁해서 나를 찾으러 나오셨다.

어머니와 아저씨를 보는 순간 어찌나 반갑던지 구세주를 만난 것 같았다. 이제 살았다 싶은 안도감과 나무 짐을 대신 지러 오신 민재식 아저씨가 무척 고마웠다. 그래도 겨울이면 그렇게 해다 쌓아 놓은 나무더미가 수십 짐 쌓인 것을 보면 마음이 흐뭇했다.

해 온 나무는 우리 집에서 15리 떨어진 덕산장에 내다팔았다. 장이 열리는 날이면 어두컴컴한 새벽에 집을 나섰다. 일찍 서두르면 아침 장이 막 시작하는데 어떤 날은 장이 열리기도 전에 나무가 다 팔리기도 했다. 나무를 팔러 갈 때는 우리 뒷집에 사는 김호봉 씨와 오중식이라는 사람과 함께 갔다. 그런데 어린 나이에도 자존심이 강해서 아는 사람을 만나면 창피했기에 나는 값을 덜 쳐서라도 빨리 팔아 버리곤 했다.

"병일아, 너처럼 나무를 팔면 나무 값이 떨어져서 우리도 제값 받고 못 판다. 제발 좀 가만히 있어라."

함께 나무를 팔러 간 일행들은 나 때문에 나무 값이 떨어진다고 성화였다. 그렇게 농사도 짓고 나무도 하러 다니면서 2년이라는 세월이 흘렀다. 그 동안 산에서 해 온 나무를 헤아려 본다면 아마 수백 짐도 더 될 것이다.

고등공민학교와 중학교 시절

겨울이 지나고 봄이 왔다. 어느새 내 나이는 17살이었다. 하루는 어머님이 싸주신 쑥버무리를 싸가지고 큰 산에 갈잎하러 갔다가 점심을 쑥버무리로 먹고 깊은 생각에 빠졌다.

아버님을 따라 농사일을 해야 고생만 하고 집안 사정은 조금도 나아지지 않았다. 이렇게 사느니 집을 뛰쳐나가 남의 집 대농하는 집에 가서 머슴살이 1년을 하는 게 어떨까? 당시 1년을 머슴살이하면 쌀을 13가마 받을 수 있었다. 지금으로 치면 약 200만 원 정도이다. 차라리 눈 딱 감고 5~6년 벌어 쌀 한 차 싣고 와서 땅 농지도 사고 중농 이상 해 볼까? 나는 그렇게 생각하다가 고개를 저었다. 남의 머슴을 사는 것도 결코 쉬운 일은 아니었다.

그렇다면 어떻게 살아야 부모님께서 그 엄청난 가난 고생을 면하고 나도 아버님 따라 농사꾼 신세를 면할까? 이런 저런 생각으로 마음이 어지러운데 문득 무극중학교 부설 고등공민학교 중학과정 학생을 모집하는 광고가 눈에 띄었다. 나중에 중학교에 편입된다는 학생모집 광고였다. 솔깃하여 당시 국민학교 동기생이었던 이창선 친구와 함께 무극고등공민학교에 가서 확인했더니 광고내용과 같다고 했다.

집에 와서 부모님께 여쭙고 입학금도 얼마 안 되고 수업료도 몇 푼 안 되고 나라에서 중학교에 못가는 국민학교 졸업생을 신학문을 가르치려는 정책적 배려라고 말씀드리니 그리하는 게 좋겠다 허락하여서 예정 날짜에 입학했다. 그리고 1년 뒤 약속대로 본교 무극중학교 같은 반으로 편입하였고 고등공민학교는 없어졌다.

나는 3학년 때 훈육선생님이신 김주칠 선생님과 담임이었던 영어 담당 변 선생님이 추천하셔서 학교 학생들 규율을 바로 잡는 학생 간부인 규율부장에 선임됐다. 무극중학교는 아침조회 시간에 참석을 못하는 지각생은 교문에 앉혔다가 조회가 끝나면 운동장을 몇 바퀴 도는 관습이 있었다. 하루는 조회시간인데 규율부원인 조성항이 급히 달려와 말했다.

"이거 큰일 났습니다. 지각생 김영수 양을 중대장이 데리고 갔습니다."

즉시 교문 현장에 가 보니 김영수가 자리에서 일어나 중대장과 가고 있었다. 나는 그들을 불러 세웠다.

"누가 데리고 가라고 했는가?"

"중대장님이 가라고 했습니다."

"언제 중대장이 규율에 관한 것을 맡았나?"

내가 그들을 불러 제자리에 앉히니 중대장 김규원이 나를 노려보며 말했다.

"규율부장, 방과 후에 교정에서 만나자."

그는 감정이 극도로 상한 모양이었다. 결국 여러 학생들이 보는 앞에서 한바탕 싸움판이 벌어졌는데 결과는 무승부였다. 다음날 권혁선 교장선생님이 우리 두 사람을 불러다 화해시켰다.

"녀희들이 학교를 잘 이끌어야 할 간부인데, 싸움을 하면 학교가 어떻게 되겠느냐? 서로 사과하고 화해해라."

"그리하겠습니다."

우리는 곧 교장선생님의 말씀에 따라 화해를 했다. 그 이후 그는 나와 좋은 친구로 무극중학교에 올바른 규율이 바로 선 전통을 남기고 중학생활을 마무리했다.

나는 뒤늦게 시작한 공부에 푹 빠져 열심히 공부를 했다. 영어 시간에는 선생님이 호명하면 앞으로 나가 영어단어를 칠판에 쓰고 해석하고 설명을 하기도 했다. 공부는 아무런 희망이 없던 내게 활력과 용기를 불어넣어 주었다. 나는 뒤늦게나마 공부를 한다는 사실이 너무도 행복했다.

청주공고 시절

나는 청주공고 기계과에 입학하였다. 우선 입학금과 자취방을 구해야 했고 청주생활을 준비하려면 적지 않은 돈도 필요했다. 일종의 유학생활이었다. 아버님께 돈을 마련해 달라고 졸랐다. 아버지는 무엇으로 돈을 마련하느냐며 힘들다 말씀하시고 사랑방에 가셔서 말이 없으셨다.

나는 학교에 꼭 가고 싶은 마음에 '청주고등학교 가야지' 하는 잠꼬대까지 하며 아버지를 졸라댔다. 생각다 못한 아버님은 기르는 농회소를 끌고 덕산장에 팔러 가셨다. 그런데 하루 종일 원매자를 기다려도 살 사람이 나타나지를 않았다. 아버님은 그냥 소를 몰고 집으로 오셔서 소가 안 팔리니 그 많은 돈을 어떻게 마련하느냐며 근심어린 표정을 지으셨다. 아버지의 어려움을 모르는 것은 아니었으나 나는 이 기회가 마지막이라는 생각이 들었다.

"아버지, 힘든 것은 제가 잘 압니다. 그렇지만 소를 싸게 팔아서라도 입학금과 청주에서 자취방 얻고 최소한 15,000원은 가져야 할 터인데 장만해 주세요."

내 말을 듣고 아버님은 묵묵부답이셨다. 아버님은 평소 말이 적으신 과묵한 성품이시다. 그러나 무슨 결심이 서셨는지 식사 후 말없이 소를 끌고 삼성장으로 가셨다. 농촌에서 농사 밑천인 농우소를 파는 일이 얼마나 큰 결심인가는 굳이 말할 필요조차 없을 것이다. 그런데 당신이 아무리 힘들어도 오직 자식 잘 되기를 바라는 마음에, 어쩌면 생명보다 더 귀히 아끼던 소를 내놓으신 것이다.

살면서 어려움이 닥칠 때마다 나는 아버지가 소를 팔러 터덜터덜 장으로 향하던 그 발걸음을 헤아리고는 했다. 그 장면을 떠올리면 내게는 그 어떤 일도 장애가 되지 않았고 없던 힘이 솟구쳤다.

결국 16,000원을 받고 소를 팔아서 전액을 당신이 가지고 가서 입학금을 내고 청주시 율량동 산 밑에 한건동 씨 댁 별채 1칸을 세를 얻고 화덕과 양은솥, 자취할 물건을 한 아름 사가지고 오셨다. 친구 이창선, 조관형(고인), 나 이렇게 세 사람이 자취를 시작하며 또 다시 먼 길을 걸어 다녔다.

일요일이면 산에 가서 나무를 베다 불을 때고 양은솥에 밥을 지었다. 어머님이 보내주신 쌀 2말 중 1말은 팔아 누른 보리쌀 2말을 사고도 돈이 몇 푼 남았다. 양은솥에 누른 보리쌀에 쌀을 조금 섞어

밥을 짓고는 세 사람이 둘러앉아 위에서부터 고추장을 발라 비빔밥을 만들어 먹으니 맛이 꿀맛 같았다.

신발이 없어 아버님께서 미국 원조 물자로 나온 구두를 한 켤레 갖고 오셔서 신어보니 크기는 해도 그냥 신을 만해서 신고 다녔다. 조회 시간에 한반 친구들이 내 신발을 보고는 좋은 구두 신었다고 말하는데, 그 말이 비아냥거리는 것 같기도 하고 흉보는 것 같기도 해서 창피한 생각이 들었다. 그래도 그것도 아버님이 구해 주신 신발이니 나는 감사할 따름이었다.

나는 한 달에 한 번씩 집에 들렀다. 그러나 청주로 돌아오는 날이면 어김없이 한바탕 눈물바다가 되곤 했다. 자식에게 필요한 만큼 돈을 못 주니까 못 주시는 어머니는 마음이 아파서 울고, 그런 어머니를 바라보는 나도 울고 한바탕 울음바다가 되었다.

청주대학교 시절

1955년 청주공고 기계과를 졸업하고 청주대학교 법과대학에 입학시험을 쳤는데 합격되었다. 법과를 선택한 것은 내가 머리도 괜찮고 외우는 재주가 남보다 뛰어난 것같이 생각되어 열심히 공부해서 고등고시를 쳐서 판검사나 변호사가 되어야겠다는 꿈을 세웠고 그래서 법과에 입학한 것이다.

그런데 일찍 농사를 지은 탓에 동네 친구와 함께 어울려 배운 담배는 그즈음 중독 상태에 가까웠다. 하루는 담배가 피고 싶어서 주머니를 뒤지니 담배꽁초도 없었다. 주머니에는 물론 돈도 없었다. 나는 생각했다. 하늘에 별따기 같은 고시를 목표로 공부하는 학생이 내 입으로 안 피우면 될 담배를 못 끊나 하는 생각을 하니 금방 담배를 피우고 싶은 생각이 멀리 날아갔다. 나는 그 자리에서 자필로 금연, 금주, 금색 세 단어를 쓰고 그날로 담배를 끊었다. 그렇게 담배를 끊은 것이 현재 60년이 되었다.

나는 학기 말에 중요한 생각을 했다. 청주대학교 선배 중 고시합격생이 없는 걸 알고(지금은 많음) 과를 변경해서 상과로 졸업을 해야 졸업 후 취직이 쉬울 거라 생각한 것이다. 이런 까닭으로 2학년 학기 초에 상과로 전과했다.

4학년 때는 수동난민촌에서 신홍철(고인) 고향친구와 하숙 겸 자취를 했다. 쌀 3말을 주고 아침저녁을 먹고 다녔다. 하루는 주인집 할머니가 이불을 빨아주시겠다며 이불 껍데기를 벗기는데 속에 솜을 싼 속껍데기를 보고 놀라는 것이었다. 어머니가 누덕누덕 조각을 주워 모아 꿰맨 이불인데 아마도 입다 버린 옷 조각을 모아 이불속 껍데기를 만든 모양이었다. 할머니가 놀라는 모습을 보고 나는 어머니를 떠올렸다. 어머님이 얼마나 못 입고 못 살았으면 이불 속껍데기 한 장 살 돈이 없으셨나? 그런 생각을 하자 어머니가 떠올라 눈물이 왈칵 쏟아졌다. 이 원고를 쓰는 지금 이 순간에도 눈물이 흐른다.

나는 대학 다닐 때 다방이란 걸 알았지만 한 번도 들어가 본 기억이 없다. 그 흔한 당구도 쳐보지 못하고 골프 같은 건 아예 엄두도 못 내고 도시 취미 생활을 친구들이랑 어울려 다니지 못했다. 그래서인지 지금 나이를 먹고 시간이 많아도 할 일도 별로 없고 취미생활이 없다. 테니스, 당구나 골프 같은 운동을 기본만 갖추었어도 좋았을 텐데 하는 생각이 들기도 한다.

청주대학교 상과대학 9회 졸업 기념(1959년 3월 18일)

졸업식이 다가오자 졸업사진을 찍을 날이 정해져 구두를 신고 정장을 해야 하는데 구두 살 돈이 없었다. 평소 잘 알고 지내는 사돈되는 김진목 교수댁에 가서 신던 것이라도 있으면 신어보려고 신발장을 열어보니 마땅한 것이 없었다. 그때 내 눈에 띈 것이 검정 반장화였다. 반상화라 바지를 내리면 구두 신은 것처럼 보였다. 그래서 반장화를 사서 신고 다녔다. 고무로 만들어진 반장화라 날이 더워지자 발에 땀이 차고 더워서 도저히 신을 수가 없었다. 또 바지는 국민학교 3년 선배인 정천헌 씨에게 하루 빌려 달라고 해서 빌려 입고 사진을 찍었다.

지금 당시의 일을 너무 사실대로 적다 보니 자존심도 상하고 눈물이 글썽거려 더 쓸 수가 없다. 그렇지만 이렇게라도 해서 나에게 학사모를 쓰게 해 주신 아버지 어머님께 깊이 감사드린다.

그래도 세월은 흘러 어느새 대학 졸업반이 되었다. 마지막 등록금낼 걱정이 이만저만 아니었다. 당시 조진한 씨가 고리대금을 한다고 들어서 찾아가니 초면에 나를 어떻게 믿고 큰돈을 줄 수 있느냐고 딱 잘라 거절했다. 그래도 등록금을 보탤 생각에 봉암에 사는 안병일 대학생인데 등록금이 부족해서 왔습니다. 아버님 함자를 대고 했더니 차용증서를 받고 쌀 2가마 값을 주신다. 감사하다 인사하고 무극에서 양조장을 하는 조춘○ 씨를 찾아갔다. 도의원도 하시고 돈이 많은 분이란 걸 알고 신분과 찾아온 뜻을 전하고 대학등록금이 부족해서 도와주십사 찾아왔습니다, 말했더니 단칼에 돈이 없다 거절을 하셨다. 참 세상이 삭막하다는 생각이 들었다. 결국 금왕읍 구계리 보시꼬지 외가를 찾아가 도움을 요청하였다. 어머님 친정 큰조카 장기명 씨에게 부탁했는데 선뜻 도와주시겠다고 말했다.

“도와주마. 일단 여기서 자고 내일 쌀 한 가마를 소에 싣고 무극시장에 갖다 팔아서 줄 테니 기다려라.”

그 말을 듣고 얼마나 감사하던지……, 그때가 여름방학 때였다.

이후 돈을 벌기 위해 벌터 6촌 형님 안병운 씨가 금왕광산을 다니실 때라 형님을 따라 광산 막노동을 했다. 첫날은 굵은 원목을 둘이서 베고 나르는 일을 했는데 어깨가 얼마나 아팠던지, 그렇게 여름방학 동안 벌터 형님 댁에서 침식을 같이하면서 형님과 광산에서 한 달 동안 적지 않은 임금을 벌었다. 그래봐야 등록금에는 태부족이었다. 결국 이웃집 장리쌀 연 50% 고리쌀 10가마를 얻어 4학년 마지막 등록금과 졸업에 따르는 각종 경비를 충당했다.

가을에 농사지은 것 가지고 여러 식구 먹고 살면서 내년 농사를 준비하려면 남는 돈이 없었다. 생각 끝에 부모님께 상의 드렸다. 대학 다니면서 등록금으로 여기저기서 융통한 돈과 장리쌀 등 빚을 다 갚으려면 논 한 단지는 팔아야 되겠다고 솔직히 말씀 드렸더니 아버님 어머님이 흔쾌히 동의하셔서 그 아까운 생명과 같은 자경논 닷 마지기 1,000평을 평당 쌀 3.5되씩 쳐서 큰댁에 팔았다. 당시 큰아버지는 네가 돈 벌어서 다시 사가거라, 하는 의미 있는 말씀을 내게 하셨다. 나는 굳게 다짐했다. 내가 대학졸업하면 기필코 되찾을 것이며 돈 많이 벌어 땅도 많이 사서 부모님 기쁘게 해 드리고 나 때문에 공부 못한 아우들에게도 응분의 땅을 사서 잘 살도록 도와주겠다고….

마침내 그토록 온 식구가 바라고 원하던 대학 졸업식 날이 다가왔다. 1959년 2월 16일이다. 나는 졸업장과 고등학교 2급 정교사자격증(상업 다 966호)을 받았다. 부모님께 감사하고 일찍 시집와 온갖 고생하며 뒷바라지해 준 오성환 아내에게 감사하고, 형 때문에 공부 못한 아우형제에게 감사하는 한 편 미안한 생각도 들었다.

대학 졸업식 날에는 내가 초 · 중 · 고에 입학하고 졸업했어도 한 번도 오시지 않던 아버님이 두루마기를 입고 학교에 오셨다. 아버님과 기념사진을 찍고 시내 본정통 모 식당에 가서 좋아하시는 약주를 꽁치 몇 마리 구워 모셨다. 그 엄청난 가난과 굶주림에서 얻어진 값진 졸업장이다. 그날 졸업장을 들여다보고 또 들여다보며 나는 결심했다. 반드시 성공해서 부모님의 은혜에 보답하겠다고.

대학에 다니면서 기억에 남는 것은 2학년 때 무대에 올렸던 연극이다. 내가 2학년 때 개교 9주년 기념 예술제가 열렸다. 그 예술제에서 연극 '논개'를 공연했는데 나는 왜장 역을 맡았다.

그 때나 지금이나 나는 남한테 지고는 못 사는 성격이기도 했지만 한 편으로는 연극에 소질도 있었는지 연습을 시작한 첫날 이미 내 대사를 다 외워서 갔다. 그런데 논개 역을 맡은 1학년 후배 여학생도 자기가 맡은 대사를 다 외워 온 것을 보고 모두들 놀라워했던 기억이 난다. 일본군이 진주성을 함락시키고 촉석루에서 자축연을 열었던 장면을 연극화했는데 논개가 나를 끌어안고 남강에 빠져 죽는 장면이 하이라이트였다. 내가 만약 정치를 하지 않았다면 혹시 탤런트나 영화배우 쪽으로 진출하지 않았을까 하는 생각에 나는 가끔 빙그레 웃을 때가 있다.

나는 아르바이트를 하느라 시간이 부족해 대학생활을 제대로 즐기지 못했다. 그런데 유일하게 짬을 내어 가입한 동아리가 있었다. 바로 '향죽'이라는 농촌계몽 서클이었다. 나를 비롯해 배동식, 김기옥 등 6명의 친우들은 의기를 투합하여 짬짬이 틈만 나면 농촌으로 달려 나갔다.

배동식은 기타를 치거나 노래를 부르며 주민들을 모으고, 나는 연단에 서서 '농촌이 못 살 이유가 없다, 우리도 한 번 잘 살아보자'고 목이 쉬도록 외쳤다. 농촌에 나가면 허리 한 번 펴지 못하고 까맣게 그을려 일하는 어른들은 모두 나의 아버지를 보는 듯했고 배움의 길을 걷지 못해 무지한 청소년들은 모두 내 동생들을 보는 듯했다.

힘들게 일했으면 일한 대가가 뒤따라야 했다. 그런데 그야말로 죽을힘을 다해 농사를 지어도 겨우 입에 풀칠이나 하고 살아가는 현실이 뭔가 잘못되어도 한참 잘못되었다는 생각이 들었다. 농사법을 개선하면 보다 더 편히 농사를 지을 수 있었고, 종자를 바꾸면 같은 노력으로 서너 배의 수익을 낼 수 있었다. 그런데 무지한 농민들은 방법을 몰랐던 것이다. 나는 그런 현실이 너무나도 안타까웠다.

부모님은 내가 대학을 졸업한 것이 곧 농촌과의 졸업이라고 생각하셨다. 그동안 그렇게 힘들게 고생을 하시면서도 버틸 수 있었던 것은 우리 큰아들이 이제 대학만 졸업하면, 도시로 나가 넥타이를 매고 번듯한 직장에 들어간다는 희망 하나로 이겨내신 것이었다.

그런데 나는 그런 부모님의 기대를 저버리고 농촌으로 돌아왔다. 도저히 내 일신의 안락을 위해 농촌을 외면할 수가 없었다. 그것은 마치 부나비가 뻔히 죽을 것을 알면서도 기를 쓰고 불을 향해 달려드는 것과 같았다. 그 누구도 내 결심을 꺾지 못했고 나를 막을 수 없었다.

그런 나를 지켜보는 부모님은 그야말로 억장이 무너져 내렸을 것이다. 다행히 처음에는 몇 해 저러다 말겠지 했던 부모님도 해가 거듭될수록 발전하고 달라지는 농촌을 보고 나를 인정해 주셨다.

제 2 장

사모곡(思母曲)

우리 어머니
의원을 찾아 달리고 또 달려
어머니와의 마지막 여행
'이현부모 효지종야(以顯父母 孝之終也)' 라
부모님 보은송덕비(報恩頌德碑)를 세우다

우리 어머니

나의 어머니는 충북 음성군 원남면 삼생리 단양장씨 집성촌 물언덕 마을에서 아버님 유학자 장동기 씨의 차녀로 태어나셔서 부모님의 교육을 잘 받으시고 16살에 22세이신 아버님 안영호 님과 결혼, 4남 2녀를 낳아 잘 키우셨다. 나의 어머니는 세상을 올바르게 사는 지혜를 잘 배우신 이 세상에서 가장 존경스런 분이시다.

어머니는 새벽부터 밤중까지 아버님과 함께 농사를 지어 우리 6남매를 먹여 살리시고 키우느라 고생을 말도 못하게 하셨다. 농사를 지으셔도 일제강점기에는 벼를 공출로 가지고 가버리니 콩깻묵을 배급 타다 연명하고 사셨다.

춘궁기가 되면 양식이 떨어져 큰 산 한태재 너머 지금의 꽃동네 사랑의 연수원자리까지 가서 뚝갈취나물이나 산나물을 뜯었는데 나도

다정했던 어머니와 찻잔을 나누며

어머니를 따라간 기억이 난다. 어머니는 뜯어온 산나물로 죽을 쑤어 쌀 알갱이는 큰자식 건져주고 당신은 멀건 국물과 나물 건더기로 허기진 배를 채우시곤 했다.

특히 기억나는 것은 아침에 죽을 쑤는 날에는 별도로 투가리에 쌀 한 움큼을 넣어 밥을 지어 아버님께 드렸다. 우리 어머님은 아버님에 대한 섬김이 대단하셨다. 어떤 경우든 아버님께 아침에는 죽을 드리는 걸 본 일이 없다. 그처럼 아버님을 위하시는 어머님의 섬김의 자세는 어려서부터 부모님 교육을 통해 배운 아내로서의 섬김의 도리라고 여겨진다.

어려서 이웃친구네 집에 놀러 가면 하얀 쌀밥을 먹는 경우를 가끔 보기도 했다. 그런 날 집에 와서 그런 이야기를 하면 어머니는 단호하게 말하셨다.

"그게 다 빚 얻어다 먹는 거다."

이처럼 우리 어머니는 비록 굶는 한이 있어도 남의 장리쌀은 쓰지 않으려고 노력하셨다. 장리쌀은 봄에 쌀 1가마를 빌려다 먹으면 농사지어 가을에 1가마 반을 갚아야 하는, 50% 고리채다. 우리는 빚 얻기가 다른 사람들보다 쉬웠지만 우리 어머니는 알뜰한 주모 살림으로 어려운 고비를 슬기롭게 넘기시는 지혜가 있으셨던 것 같다.

어머니는 농사꾼이 얼마나 고생하고 배고픈지를 몸소 겪으셨다. 자식 6남매 중 큰자식 하나라도 잘 가르쳐 농사꾼은 면하고 출세하여 서류가방 들고 다니는 신사를 만들어야겠다는 알뜰한 주모 살림과 굳은 신념이 그 엄청난 가난과 고통 속에서 기적처럼 대학 졸업장을 받게 하신 것이다. 내가 대학을 다니고 졸업장을 받은 것은 아버님을 비롯하여 동생들의 희생과 합심, 그리고 어머님의 노력의 결과라는 것을 나는 너무나도 잘 알고 있다.

우리 어머님은 목화를 타서 물레로 실을 뽑아서는 베틀에 앉아 길쌈을 짜서 가족들의 옷을 손수 만들어 입히셨으며 아버님은 할당된 가마니를 단칸방에서 어머님과 함께 가마틀을 놓고 짜서 면사무소에 공판하는 걸 보았다. 어린 나는 그 고생하고 사시는 부모님을 보고 자랐다. 참으로 일본 강점기 시골 사람들의 고생은 이루 말로 표현할 수 없을 정도로 참담했다. 그래서 나는 어려움이 닥칠 때마다 어떤 난관이 있어도 끝까지 참고 이겨내어 대학 졸업장을 어머님께 바치리라 굳게 결심했다.

우리 어머님은 동생들이 태어나거나 생일이 되면 어김없이 자식이 잘 자라고 무탈하게 해달라고 비셨다. 그 귀한 쌀밥에 미역국을 끓여 아랫목에 볏짚을 깔고 무릎을 꿇고 앉아 두 손을 비비며 삼신할머님께 기도하시던 모습을 많이 보았다. 때로는 물이 흐르는 시냇가에 앉아 용왕님께 자식의 무탈을 빌기도 했다.

내가 어렸을 때는 동네에 홍역이 돌면 많은 어린아이들이 제대로 치료를 받지 못해 죽는 일이 다반사였다. 그래서 자식은 낳는 게 문제가 아니라 키워야 자식이라는 말까지 생길 정도였다. 그런데 우리 어머님은 우리들 6남매를 낳아 한 아이도 잘못되는 아이 없이 무탈하게 잘 키우셨으니 이 모든 것은 어머님의 정성 어린 기도와 양육 덕분이라고 생각한다.

우리 어머님은 회갑이 지나서 천주교 영세를 받으셨는데 세례명은 장세시리아이시다. 하느님을 성심으로 받들고 섬기는 신앙심이 좋으셔서 주일을 잘 지키셨고 기도서와 주무경을 아침저녁으로 읽고 기도하셨다. 우리 어머님은 우리 부부에게 "너희들은 어머니 따라 천주교 믿고 영세를 받아라" 하셔서 "그리하겠습니다"라 대답하고 무극성당 최상훈 신부님께 어머님을 모시고 가서 영세를 받았다. 나는 세례명이 마태오, 처는 아가다이다.

영세를 받은 후 기념사진을 찍었는데 어머님이 얼마나 기뻐하시던지 우리 내외도 기뻤다. 나는 영세를 받은 후 열심히 하느님을 섬기며 예수님의 사랑을 실천하면서 잘못한 것은 우리 어머니처럼 내 탓이라고 생각하고 상대의 잘못을 용서하며 마음 편히 살고 있다. 우리 부부에게 천주교를 믿고 영세를 받으라 인도하신 어머님께 깊이 감사드린다.

우리 어머니는 큰자식인 나를 대학 보내시느라 온갖 고생을 다 하시고 초근목피로 연명하셨다. 또 내 자식과 손자 손녀를 청주까지 가셔서 지극 정성으로 보살피시고 뒷바라지도 잘하셔서 두 아이를 서울대학교에 보내시고 내가 다닌 청주대학교를 졸업한 둘째 손자는 충북교육청 사무관으로 중앙도서관 사서과장을 만드시고 그 아래 손자 손녀 모두 공무원, K2 사장을 만드셨다.

평소 알뜰하시고 자식교육열이 맹자 어머니와 신사임당에 비견되는 훌륭하신 어른으로 마을 사람들이 세워주신 보은 송덕비에 아버님과 함께 어머니의 선행이 소상이 새겨져 있다. 자식들 입장에서는 어머님께 고맙고, 마을 분들에게 깊이 감사하게 생각하고 있다.

의원을 찾아 달리고 또 달려

평소 어머니는 몸이 그리 튼튼하지 못하셨다. 나는 어머니가 아프셔서 고통 받는 모습을 자주 곁에서 지켜보았는데 그럴 때마다 마음이 무척 아팠다. 내가 열 살 때로 기억된다. 하루는 어머니께서 몹시 아파서 괴로워하시는 모습을 보고 의원을 찾아 나섰다. 평소 김덕대라는 키가 큰 의원이 침을 놓고 약을 지어주면 어머니의 병환이 나아지는 걸 본 나는 수소문하여 지금의 대소면 부윤리로 달려갔다. 가서 보니 김 의원님은 그 곳에 계시지 않았고 성본리로 가셨다고 했다. 나는 다시 성본리로 달려갔다.

그런데 김 의원님은 그곳에도 계시지 않았다. 사람들에게 물으니 고향인 오령골로 가셨다고 했다. 그 소리를 듣자 온몸의 힘이 쑥 빠져 나갔다. 그러나 아파서 괴로워하는 어머니의 얼굴을 떠올리자 다시 힘이 불끈 솟았다. 나는 그 길로 오령골로 달렸다. 그곳에 도착했을 때는 이미 해가 기울고 주위가 어두컴컴해진 뒤였다.

나는 어머니의 증세를 말씀드리고 김 의원님을 모셔 왔다. 의원님은 어머니에게 침을 놓고 약을 지어 드시게 했다. 다행히 어머니는 치료를 받고 곧 자리에서 일어나셨다.

대학에 다닐 때에도 어머니는 가끔씩 몹시 아파서 고통을 받으셨다. 그 모습을 곁에서 보면서 내가 대학을 졸업하면 취직을 해서 돈을 많이 벌어 우리 어머니를 호강시켜 드려야 할 텐데, 만약 그때까지 어머니가 살아계시지 못하고 돌아가시면 어떻게 하나 하는 생각에 마음이 아파서 눈물도 많이 흘렸다. 다행히 건강이 좋지 않으셨던 어머니는 팔순을 넘기셨는데 오히려 건강하셨던 아버지는 폐렴까지 겹쳐 병원에 입원하신 지 20여 일만에 집에 오셔서 운명하셨다. 향년 75세였다. 참으로 허무하고 애통한 일이었다.

돌아가시기 전, 어머님이 권의원에 입원하셨다 모시고 온 아버님의 건강상태가 정상이 아니라는 생각이 들었다. 그래서 오시는 날 저녁 해질 무렵에 차를 불러 아버님을 모시고 어머님과 함께 청주 큰 병원으로 향했다. 그런데 가는 차 안에서 아버님께서 내게 "구두를 사다주고는 지가 신는다"고 말씀을 하시는 것이었다. 그래서 '아, 아버님께서 아직 정신이 계시는구나' 하는 생각에 기쁜 마음으로 "청주 큰 병원에서 치료를 받고 건강한 몸으로 집에 오실 때 좋은 구두를 사 드릴게요"라고 대답했다. 사실 나는 그렇게 될 줄 알았다. 그런데 이 말이 우리 부자간의 마지막 말이 될 줄을 그 누가 알았을까.

아버지가 청주의료원에 입원한 다음날이었다. 어머님은 손자들이 있는 사직동 주공아파트에 가시고 나 혼자 있는데 아버님이 침대에 앉으셔서 아무것도 없는 침대 바닥에서 무엇인가를 잡으려고 헛손을 움직이시는 걸 보는 순간 우리 아버지가 돌아가실 예감이 들었다.

나는 목이 메고 왈칵 눈물이 쏟아져 엉엉 울면서 옆에 서 있는 주치의 선생님께 "우리 아버지를 살려 주세요" 하고 매달리며 어린아이처럼 애원했다. 지금도 그때 처음부터 서둘러 큰 병원에 모시고 가서 치료를 잘해 드렸다면 그렇게 허무하게 돌아가시지는 않았을지도 모른다는 생각이 들어 후회가 된다. 주자십회훈 중 '불효부모사후회(不孝父母死後悔)' 란 문장이 떠오른다. 부모에게 효도하지 않으면 돌아가신 뒤에 뉘우친다. 즉 돌아가시고 나면 후회해도 이미 늦으니, 살아 계실 때 효도해야 한다는 말이다. 자식이 부모를 봉양하고자 하나 부모가 기다려 주지 않는다는 뜻의 고사성어 '풍수지탄(風樹之歎)' 과 같은 뜻이다.

아버지를 여의고 나니 아버지 생전의 모습을 비디오로 남기지 못한 게 한이 되어 어머니와 숙부님을 모시고 우리 온 가족이 버스를 대절하여 월악산 송계계곡으로 야유회를 갔다. 그때 어머니와 숙부님의 육성과 모습을 비디오로 녹화해 두었고 세월이 지난 지금도 어머니의 모습이 그리울 때면 나는 그 비디오테이프를 틀어 쓸쓸한 마음을 달래고는 한다.

어머니와의 마지막 여행

어머니를 모시고 어머니의 유년시절 고향인 원남면 삼룡리 은행나무골에 갔던 일이 생각난다. 그곳에서 하룻밤을 자고 다음 날에는 아버지와 결혼 후 신혼생활을 꾸리셨던 삼성면 송상골 옛터를 찾았다. 그곳은 오래 전에 이미 농지로 변해 있었다. 그야말로 '산천은 의구한데 인걸은 간 데 없고/ 어즈버 태평연월이 꿈이런가 하노라' 라는 시조 구절이 떠오를 정도로 세월의 무상함이 실감나는 순간이었다.

어머니와 함께 그곳에서 기념사진을 찍고 능산리 외사촌 형님 댁에 들러 오찬을 나누며 즐거운 한 때를 보냈는데, 어머니가 어찌나 좋아하시던지 밝게 웃으시는 모습을 사진으로 담아 귀가했다.

또 막내 명헌이가 운전하는 무쏘차로 어머니를 모시고 경북 순흥

어머니의 고향 들판에서

에 있는 시조 선영을 참배한 후 백암온천 호텔에서 1박을 하고 동해안 해수욕장을 거쳐 불국사를 관광한 것도 잊을 수 없다. 어머니는 장거리 여행에서도 피로한 기색 없이 차창가로 대자연을 만끽하며 마냥 즐거워하시던 모습이 지금도 눈에 선하다.

나는 평소 시간을 내어 어머니와 정분이 두터우셨던 재당숙모님과 친척분들, 그리고 봉암에 사시는 유시혁 어머니를 함께 모시고 수안보 온천에 자주 다녔다.

특히 인상에 남는 여행은 서울 누님 두 분과 어머니를 모시고 수안보 온천욕을 마치고 문경새재 삼관문을 관광할 때였다. 그런데 그 관광에서 어머니는 유난히 기력이 없어 보였다. 어쩌면 이 여행이 어머니를 모시고 가는 마지막 온천관광이 아닐까 하는 생각이 들 정도였다. 혹시 몰라 기념사진을 남기고 싶었으나 마침 그날따라 카메라를 가지고 가지 않았다.

할 수 없이 초면인 젊은 부부에게 사정을 말하고 사진을 한 장 찍어달라고 요청하였다. 그 부부는 흔쾌히 사진을 찍어준 것은 물론 사진을 인화해 우송까지 해 주었다. 참으로 마음이 고운 사람들이다. 결국 내 생각대로 그것이 어머니를 모시고 떠난 마지막 여행이 되었다.

그 후 어머니는 집안 마당에서 낙상하셔서 입원하셨다가 수술을 받으시고 가료 중인 2000년 10월 9일 생을 마감하시니 향수 88세였다. 온 가족이 슬픔과 애통함으로 눈물을 주체할 수 없었다.

장례는 5일장으로 치렀다. 꽃동네 창설자이신 오웅진 신부님께서

어머님과 함께 시조선영을 참배하고 나서

어머님과의 마지막 여행(문경새재 삼관문)

자진하셔서 장례집전을 맡아 봉암 공소성당에서 가족들의 오열 속에 엄숙한 장례 미사를 거행했다. 오웅진 신부님께도 이 자리를 빌어 거듭 감사의 인사를 드린다.

생전에는 어머니를 잘 섬겨 제일가는 효자가 되겠다고 수없이 다짐을 하고, 일기에도 늘 반성하고 기록하며 잘 모시리라 다짐했는데 막상 돌아가시고 나니 잘한 것보다 잘못한 것이 더 떠올라 죄책감에 괴로워하고 후회도 많이 했다.

송나라 주자(朱子)가 일생을 살아가면서 하기 쉬운 후회 가운데 가장 중요한 열 가지를 뽑아 제시한 '주자십회훈(朱子十悔訓)' 이 생각난다.

주자십회훈 중 첫 번째는 '불효부모사후회(不孝父母死後悔)' 이다. 즉 부모에게 효도하지 않으면 돌아가신 뒤에 뉘우치게 되는데 이미 돌아가시고 나면 후회해도 소용없으니 살아계실 때 효도해야 한다는 뜻이다. 이는 자식이 부모를 봉양하고자 하나 부모가 기다려 주지 않는다는 풍수지탄(風樹之歎)과 같은 뜻이다.

'이현부모 효지종야(以顯父母 孝之終也)' 라

유교 최초의 경전이 된《효경(孝經)》에는 다음과 같은 글이 있다.

身體髮膚 受之父母 (신체발부 수지부모)
不敢毁傷 孝之始也 (불감훼상 효지시야)
立身行道 揚名於後世 (입신행도 양명어후세)
以顯父母 孝之終也 (이현부모 효지종야)

해석하면 그 뜻은 다음과 같다.

우리의 몸은 부모로부터 받은 것이니,
감히 훼상하지 않는 것이 효도의 시작이니라.

몸을 세워 도를 행하고 후세에 이름을 날려,

부모를 드러나게 하는 것은 효도의 마지막이니라.

어머니께서는 88세 미수(米壽) 잔치를 치루고 그 해 가을에 운명하셨다.

어머니가 돌아가신 지도 벌써 십육 년이 흘렀건만 나는 아직도 어머니를 떠올리면 감정이 복받쳐 눈물이 앞을 가리고 목이 메어 말을 이을 수가 없다. 어머니가 내게 베풀어주신 크나큰 사랑을 100분의 1도 갚지 못했다는 자책감 때문이다.

지금도 일기장을 넘기다 보면 어머니에 대한 구구절절한 마음이 적혀 있는 장에는 어김없이 흘러내린 눈물로 글씨가 번져 있는 것을 발견한다.

자신의 부모가 훌륭하지 않았다고 말할 자식이 어디 있으랴만, 내 어머니는 맹자(孟子) 모친과 신사임당에 버금가는 어머니였다고 자부한다. 그야말로 이 세상에서 가장 존경하는 훌륭한 어머니셨다. 봉암마을 주민의 이름으로 경로당 앞에 세워주신 보은 송덕비에는 어머님의 어진 삶이 소상하게 새겨져 있다.

세월이 흐른 뒤 재산을 일궈서 나는 부모님이 내놓으신 땅을 모두 찾아 부모님 이름으로 등기를 해 드렸다. 아버지 어머니는 마치 죽은 자식이 살아서 돌아온 것처럼 땅을 되찾은 것을 기뻐하셨다. 부모님은 그 땅을 고생한 동생들에게 골고루 나누어 주셨다. 지금도 두 분이 환하게 웃던 모습을 생각하면 얼마나 마음이 기쁜지 모른다.

'이현부모(以顯父母)' 즉 부모를 드러나게 하는 것이, '효지종야(孝之終也)'라. 곧 효도의 마지막이라고 했다.

부모에게 있어 가장 기쁜 일이 있다면 그것은 바로 자식이 잘 되고 성공하는 것이리라. 가끔 주례를 서게 되면 나는 '이현부모' 하라는 말을 빼놓지 않는다.

부모에게 맛있는 음식을 봉양하는 것도 효지만 그보다 사회적으로 출세, 성공해서 가정적으로 부부가 화합하여 잘 사는 것이야말로 진정으로 부모님을 기쁘게 하는 것이기 때문이다.

부모님 보은송덕비(報恩頌德碑)를 세우다

2006년 6월 18일, 부모님의 보은송덕비를 봉암 마을 경로당 앞마당에 세웠다. 우리 부모님이 말년에 대지 200여 평을 마을 경로당 신축부지로 희사하여 두 분이 남기신 어진 덕에 감사하는 마음으로 동네 주민들이 대동계에서 결의하여 봉암 마을 주민 이름으로 세운 송덕비이기에 더욱 뜻 깊었다. 늘 부모님께 송구한 나였기에 그 감회가 남달랐음은 말할 나위 없다.

박수광 음성군수를 비롯하여 정인택 소방서장, 김광렬 음성농협 지부장, 유기창 면장, 그 밖의 관내 기관장, 동네 노인들, 이장, 새마을 지도자, 부녀회장 및 주민 200여 명이 모인 자리에서 제막식은 성대하게 거행되었다. 이에 송덕비 전문과 송덕비가 세워지게 된 경과보고, 노인회장님의 인사말을 게재한다.

安榮濩(베드로), 張張性(세시리아) 님 報恩頌德碑

충효와 예절의 고장 음성에 효우 명성이 높은 한 가문이 있어 세상에 귀감이 되니 순흥(順興) 안씨 안병일(安炳一) 음성군의회 의장의 집안이다.

안영호(1907~1981) 님은 우리나라 성리학(性理學)의 개조이신 문성공(文成公) 안향(安珦) 선생의 후손인 유학자 종섭(鍾燮)공의 차남으로 출생하시어 평생 봉암(鳳岩)에서 사셨다. 과묵하신 성품으로 인정이 많으셨으며 자식에게 농토를 물려주기보다는 교육을 시켜 넓은 세상에서 훌륭한 스승과 친구를 만나 호연지기를 키워 큰 인물로 성장시키는 것이 더 중요하다는 신념을 갖고 큰아들 병일공의 대학 공부를 위해 기르던 소와 자경논 1천여 평을 팔아 학자금을 대 주신 큰 배포와 자식 사랑을 교육으로 실천하신 호걸형의 어른이시다.

장장성(1913~2000) 님은 단양(丹陽) 장씨 유학자 동기(東夔)공의 차녀로 태어나 현모양처의 가르침을 잘 받으시고 안영호 님과 결혼, 4남 2녀를 두고 봉암에서 해로하셨다. 인자하신 성품에 근면 검소하였으며 동기간에 우애가 돈독하셨다. 자녀와 손자들 교육에 깊은 애정을 가지시고 멀리 청주까지 가셔서 지극 정성으로 보살피시며 바르게 가르치심은 맹모삼천지교(孟母三遷之敎)와 신사임당의 율곡 교육에 비견(比肩)되었다. 가톨릭 신자로서 신앙심이 깊으시고 예절이 바르시며 사랑을 몸소 실천하시다 88세 미수(米壽)에 세상을 뜨시니 온 가족의 오열과 주민의 애도 속에 봉암공소에서 오웅진 신부님 집전으로 장례미사가 엄수되었다.

양위분은 1950년대 보릿고개 시절 초근목피(草根木皮)로 연명하시면서도 병일공에게 대학졸업장을 받게 한 것은 온 가족이 합심하여 큰아들 하나만이라도 성공시켜 앞길을 열어주려는 선각(先覺)의 깨우침과 알뜰하고 헌신적인 뒷받침이 있었기에 가능한 일이었다. 이에 자손들이 부모님의 뜻을 받들어 잘 자라 국가 사회에 동량이 되었으니 부모님의 노고가 컸음을 알 수 있다.

큰아들 병일공은 청년시절 4-H 농촌계몽과 새마을운동으로 부락발전에 많은 공헌을 하였으며 전국에서 제일 먼저 마을 앞 60여 정보의 경지정리사업을 유치하고 관개시설을 확장하여 영농의 현대화에 앞장서 정부로부터 향토문화 공로상, 상록수상, 대통령표창을 수상했으며 맹동농협을 창립 자립조합으로 육성하였다. 이어 통일주체국민회의 대의원, 충북도

부모님 보은 송덕비 앞에서 기관장들과 함께

교육위원회 부의장, 음성군의회 초대 · 4대 의장 등 수차례의 선거에 당선되어 지역발전에 기여하고 명예롭게 은퇴했다.

양위분의 자녀 병일, 병석, 병만, 병영, 순아, 순옥과 그 손자손녀들은 한결같이 화목하고 자립된 모범가정을 이루니 성실한 농부, 운수사업가, 비료판매조합 이사장, 치과의사, 도서관장, 교사, 소방관, 공인중개사, 농협 상무, 회사원, 개인사업 등으로 지역사회 발전에 크게 기여하고 있다.

대저 효(孝)란 무엇인가? 부모님께 받은 육신(肉身)을 온전히 보전함이 그 시작이요, 자손의 훌륭한 행적으로 부모님의 명예를 빛냄이 효의 마침이다. 안공 자손들의 성공은 한 가정의 명예를 자랑함이 아니요 어버이 베푸신 자애의 보답인 효의 실천이다.

양위분은 말년에 대지 150여 평을 마을 경로당 신축부지로 희사하시니 두 분께서 남기신 어진 덕(德)의 향기가 유전한다.

봉암을 사랑하셨고 자식교육에 일생을 희생 헌신하신 부모님 유지를 받들어 병일공은 영일(榮一)장학재단 기금으로 1차 3천만 원을 부락에 기탁하여 초석을 놓으니 주민들이 감사해 하였다.

어르신들의 어진 삶과 높은 덕을 칭송하는 부락민들의 뜻과 부모님 은혜에 감사하는 자손들의 효심을 모아 보은(報恩) 송덕(頌德) 금석(金石)에 새기니 맑은 바람 밝은 달이 아름다움 흠모(欽慕)하고 지나는 길손마다 우러러 예(禮)를 하고 본을 받네.

2006년 6월 18일

청주대학교 교수 문학박사 김홍철과 봉암노인회장 정인석 삼가 글을 짓고 부락대표 대동계장 이창선, 이장 조성환, 새마을지도자 지교채, 부녀회장 조미형 외 봉암마을 주민들이 세우다.

경과보고

마을 이장 조성환입니다. 마을 이장으로서 오늘의 보은 송덕비 제막식에 만사를 접어두고 참석해 주신 내빈과 그리고 한 마음으로 물심의 협력을 해 주신 주민 모두에게 고맙다는 인사를 드립니다.

비문에 주요 내용이 있기에 두 분의 약력은 생략하고 되도록 간단히 하겠습니다.

안병일 의장님 부친 고 안영호 님과 모친 장장성 양위분은 말년에 대지 150여 평을 마을 경로당 신축부지로 희사하셨으며, 봉암 주민들을 사랑하셨습니다. 저희 주민들 대부분은 두 분 어른들과 가족처럼 가깝게 지냈으며 자식처럼 대해 주셨고 그 고마움을 가슴에 담고 살았습니다.

그러던 중 올봄 4월 말 봉암노인회장이신 정인석 어르신을 비롯한 몇 분께서 그 고마움을 가슴에만 담아두기보다 송덕비를 세워 두 분들의 어진 삶을 기리고 후세의 교훈으로써 삼는 게 좋겠다는 말씀이 있으셨습니다. 이장인 저로서는 참으로 좋은 말씀이라 생각하여 1차 마을의 임원과 노인들께 의견을 모으고 후손 대표인 안병일 의장님과도 상의하였습니다.

그리하여 마을 주민들의 적극적인 의견과 후손들이 부모님의 은혜에 보은하는 마음을 함께 담아서 보은송덕비를 이곳 경로당 앞마당에 봉암 마을에서 주민들의 이름으로 세울 것을 지난 5월 대동계에서 결의하고 마을의 임원들을 중심으로 추진하였습니다.

비문은 봉암노인회장인 정인석 님의 증언을 바탕으로 하고 안 의장님과 교분이 두터운 청주대학교 한문학과 김홍철 교수님께 위촉하여 작성된 글을 수차례의 독회를 거쳐 6월초 석재에 넘겼습니다. 그리고 보은송덕비를 마을 앞에 세우고 오늘 음성군수님과 맹동면장님, 관내 유관 기관장님들과 인근 주민들을 초청하여 제막식을 갖기에 이르렀습니다. 이상 간단히 보고 드렸습니다. 감사합니다.

2006년 6월 18일

봉암마을 이장 **조 성 환**

인사말씀

여러분 고맙습니다. 제가 마을 노인회장 정인석입니다. 휴일인데도 불구하고 멀고 가까운 곳에서 이렇게 참석해 주셔서 참으로 고맙습니다.

보은송덕비의 두 분과는 평생을 함께 살았다고 해도 크게 틀리지 않을 듯합니다. 평소에도 부모님처럼 존경하였고 또한 사랑도 많이 받았습니다. 아침저녁 마을에서나 들에서나 장에서나 자주 뵈었고, 지금 이 순간에도 어르신들 모습이 떠오르고 가슴이 떨립니다. 참으로 소박하고 인정이 넘치는 분들이셨습니다.

마을에 풍년들고 평화롭기를 소망하셨고 마을의 젊은 사람들이 건강하고 공부 잘 하고 특히 어른들께 잘해야 한다고, 내 집안일처럼 걱정하고 돌보셨습니다.

사실 송덕비는 진작 세웠어야 하는데 이런 마음이 가슴에 있었지만 말을 하지 못했습니다. 그러나 이제 하지 못하면 후세들은 더욱 못할 것 같은 생각이 들어서 추진하였습니다.

먼 훗날 우리가 한 마음으로 합심해서 이렇게 가족처럼 잘 살았다는 것도 알리고, 후손들이 이를 본받아서 좋은 일이 많이 생기고 인물도 나왔으면 하는 바람입니다.

안병일 의장께서 부모님 유지를 받들어 영일장학재단도 설립하여 거금을 기탁, 마을에 그 운영을 맡기니, 공부 잘하는 대학생들이 더욱 늘어나고 틀림없이 마을도 발전할 것입니다.

양위분을 추모하는 마음 날이 갈수록 깊어갑니다.

마치 저희 부모님 보은송덕비를 세우는 일처럼 기쁘고 보람이 있습니다. 안병일 의장을 비롯한 가문에 좋은 일이 더욱 많을 것을 빕니다. 그리고 봉암마을 주민과 참석자 모두의 가정에 건강과 만복이 가득하시기를 바랍니다. 고맙습니다.

2006년 6월 18일

봉암 노인회장 **정 인 석**

안병일 의장 답례 인사

오늘은 제게 너무나 뜻 깊은 날입니다. 그 동안 정인석 노인회장님과 조성환 이장님, 그리고 이창선 대동계장님, 새마을 지도자 지교채, 부녀회장 조미형 님을 비롯한 부락 임원들이 바쁘신 일정에도 불구하고 우리 아버님 어머님의 보은송덕비를 세워 주시기 위해 모임을 갖고 추진해 주신 데 대하여 무한한 감사를 드립니다.

이 자리를 축하하기 위해 박수광 음성군수님을 비롯하여 정인택 소방서장님, 김광렬 음성농협 지부장님, 유기창 면장님, 강재중 이장협의회장님, 강태생 노인회장님을 비롯한 관내 기관장님, 그리고 부락민들이 참석하여 자리를 빛내 주셔서 감사합니다. 또 우리 맹동면이 자랑하는 풍물단 단원들이 대거 참석하여 분위기를 띄워 주시고 축하해 주셔서 감사합니다.

저는 우리 동리분들한테 고마운 마음, 그리고 맹동면민들한테 고마운 마음, 음성군민한테 고마운 마음을 평생토록 갚아도 다 갚을 수가 없습니다.

저는 철이 나자마자 4-H 농촌운동의 일환으로 충북 농촌 자원지도자 연합회장에 선출된 것을 시작으로 맹동농협 조합장부터 통일주체국민회의 대의원을 2번 하고, 군의원을 2번, 충북도교육위원회 부의장, 군의회 의장 2번 등 정확히 15번 선거를 치렀는데 부족한 저를 연전연승할 수 있도록 늘 뒤에서 묵묵히 후원해 주신 고향 여러분들과 도민 여러분들에게 진심으로 감사를 드립니다. 아무튼 이 한 몸

다하도록 고맙다는 마음을 가지고 고향 발전에 노력하겠습니다. 그리고 우리 동민들에게 이 고마운 은덕을 저나 제 자식들이 힘이 닿는 데까지 동네가 발전할 수 있도록 물심양면으로 지원하겠습니다.

여러분들 부디 건강하시고 가내 만복이 깃들기를 바라겠습니다.

제가 부락민들에게 고맙다는 뜻으로 점심 식사를 조촐하지만 넉넉하게 마련했습니다. 많이 잡수시고 흥겹게 노시다 가시면 고맙겠습니다.

감사합니다.

제 3 장

큰일하려면 가정이 편안해야

천생연분 내 아내
서울대학교 치의대학을 졸업한 큰아들
충북교육청 중앙도서관 사서과장인 둘째 아들 승헌이
심청이 버금가는 효녀, 고명딸 덕순이
서울대학교 대학원 석사모 쓴 셋째 아들 필헌이
농업후계자에서 소방공무원 된 넷째 아들 민헌이
K2 아웃도어 율량복합점 사장 된 막내 명헌이

천생연분 내 아내

장인어른은 명문 해주 오씨 가문의 유학자 오정근 씨로 고매한 인격과 강직하신 성품에 총명하신 어른이셨다. 칠남매를 두셨는데 맏딸로 태어난 아내는 천성이 착하고 부지런하며 유순하다. 그리고 남편을 하늘같이 아는 사람이다. 뿐만 아니라 시부모님을 지성껏 모셔 효부상을 타기도 했고, 아이들 교육에도 열성을 보여 6남매를 모두 고등교육을 시키고 두 아들을 서울대학교에 보냈다.

아내를 만난 것은 대학 2학년 때였다. 처가는 진천군 광혜원면 회죽리인데 그곳은 오씨 집성촌으로 아내는 학자 집안의 딸이었다.

어느 날 중매쟁이 말을 듣고 장인어른이 딸의 사진을 한 장 들고 나를 보러 오셨다. 장남의 혼사문제인지라 당시 아버지 삼형제가 전부 모여 지대한 관심을 보이셨다.

부모님들끼리 한창 얘기가 오고 가더니 사진 한 장을 나에게 내밀었다. 사진을 보니까 이목구비가 반듯하고 예쁜 게 첫눈에 마음이 끌렸다. 그런데 우리 큰아버지가 이 집은 학자 집안이고 양반이며 가정교육이 아주 잘된 규수이니 더 볼 것도 없다고 아예 사주를 쓰자고 했다.

결혼 50주년 금혼식장에서

혼사가 번갯불에 콩 구워 먹듯 급한 것은 아니라는 생각에 내가 말했다.

"아버님, 사주를 쓰는 것도 좋지만……."

나는 딱히 싫다고 말하기보다 조금 더 생각하고 천천히 결정하자는 뜻에서 말문을 열었다. 그런데 대번에 아버지가 내 말을 맞받으셨다.

"그러면 맞선을 보겠다는 얘기냐?"

아버지는 이미 결정을 하신 말투였다. 더 이상 내가 끼어들 여지가 없었다.

"제가 언제 맞선을 보겠다고 했습니까? 아버님이 좋으시다면 뜻에 따르겠습니다."

"그러면 그렇지 우리 자식들은 부모 말에 거역하는 법이 없어."

아버지는 매우 흡족해 하셨다.

그 후 내 손으로 사주를 쓰고 혼인식 날을 잡았다. 장인어른이 오셨을 때는 늦은 봄인데 그 해 가을 추수가 끝난 후 10월 30일로 택일 혼례날짜를 잡았다.

그래도 명색이 신학문을 공부하는 대학생인데 신부 얼굴도 한 번 보지 않고 결혼식을 올리려니 억울하다는 생각이 들기도 했다.

결혼식 날이 되었다. 결혼식은 전통혼례로 신부 집에서 사모관대

금혼식에 참석한 아내 친구들과 함께(2006년)

를 쓰고 치렀다. 결혼식을 올리면서 나는 천지신명에게 다짐했다. 아내와 한평생 변함없이 행복한 생활을 잘 하겠다고, 아내를 내 몸처럼 사랑하고 남들이 부러워하도록 잘 사는 그런 가정을 꾸며 보겠다고.

그렇게 시작한 결혼생활이 어느새 60주년이 되어 회혼례(回婚禮)를 올리게 되었다. 2006년에는 금혼식(金婚式, 결혼 50주년)을 맞아 성대하게 잔치도 열었다. 오랜 세월 아내와 함께 살면서 느낀 것은 아내야말로 하늘이 짝지어 준 천생연분이 아니었나 하는 생각이다. 아내는 묵묵히 참아주고 이해하고 성질 급한 내 비위를 맞추고 언제나 누이처럼 포근하게 나를 감싸주었다.

확실히 결혼은 짜여진 틀에 맞추는 게 아니라 서로 맞추어 가면서 살아가는 것이라는 생각이 든다. 서로 자라온 환경과 개성이 다른 사람끼리 만나서 가정의 평화를 위해서 참고 양보하고 사는 것, 그것이 바로 진정한 결혼의 의미가 아닐까?

누가 뭐라 해도 아내는 우리 가정을 위해 열심히 일했고 알뜰한 살림으로 부를 축적하는 데 기여했으며 6남매를 올바로 키운 일등공신이다. 새색시가 대학생한테 시집을 오면서 도시에 나가 편히 살 수 있다는 기대가 왜 없었겠는가? 그러나 도시는커녕 촌에서도 온갖 궂은일은 혼자 도맡아 처리하는 남편, 그야말로 농촌의 일이라면 자다가도 벌떡 일어나 뛰쳐나가는 남편을 만났으니 마음고생 몸고생이 말이 아니었다.

게다가 육남매 맏이한테 시집을 와서는 한 편으로는 시부모를 봉양하고 또 한 편으로는 시동생 다섯 명을 뒷바라지했으며 거기에다 농사일까지 하며 분주하게 살았다. 특히 젊었을 때는 4-H 농촌운동을 한다고, 그 이후에는 15번이나 선거를 치르다 보니 발이 닳도록 우리 남편을 찍어달라고 쫓아다니며 고생한 것을 생각하면 정말 목이 메일 정도로 마음이 아프다.

아내에게 드러내 놓고 말은 하지 않았지만 진심으로 고맙다는 생각이 들던 순간이 있었다.

장인어른이 90세 되던 해 치른 구순 생일잔치에서였다. 그 장면을 비디오로 찍었는데 장인어른도 우리들에게 잘 살라고 덕담을 해 주시고 이런 저런 이야기를 하셨다.

마침 비디오로 행사를 찍고 있던 처남이 말했다.

"큰누님 하시고 싶은 말씀이 있으시면 하세요."

그러자 아내가 일어나서 말했다.

"첫째, 아버님이 건강하게 오래 사셨으면 좋겠고, 아버님이 나를 낳으시고 잘 키워 주시고 올바로 가르쳐서 좋은 남편한테 시집 잘 보내서 아들딸 육남매를 낳고 살게 해 주셨으니 참으로 깊이 감사드립니다."

아내의 말을 듣고 사람들이 모두 박수를 쳤다. 나는 그렇게 말해 준 아내가 너무 고마워서 업어주고 싶은 기분이었다. 갑자기 어깨가 으쓱해졌음은 두 말할 필요조차 없다.

아내는 그런 사람이다. 내가 살뜰하게 잘 대해 주지도 못했는데 원망 한 번 하지 않고 묵묵히 현실을 받아들이고 그 현실에 감사할 줄 아는 여인이다. 그것이 아내의 인격이라 해도 좋고 종교의 힘이어도 상관없다. 다만 주어진 환경을 밝은 쪽으로 바라보고 늘 웃으며 사는 아내의 긍정적인 면이 나는 한없이 부럽고 존경스럽다.

다음의 악보는 출근하는 남편을 위해서 아내가 지은 노래이다.

행복한 우리집

아내 오성환 작사
며느리 홍정아 작곡

서울대학교 치의대학을 졸업한 큰아들

우리 큰아들 홍헌이는 어려서부터 건강하고 성실했다. 또 학교에서도 늘 공부를 잘했으며 모범생이었다.

무극중학교 졸업반 때의 일이다. 학교에서 고등학교 원서를 써야 한다고 해서 학교에 상담을 하러 갔다. 당시 홍헌이는 전교에서 3~4등을 하고 있었다.

1973년, 나는 당시 수원에서 열린 새마을지도자 연수원 교육에 참가했다. 조합장반 1기 160명이 2주 교육을 받았는데 그중에서 우등상을 탔다. 집으로 돌아와 나는 아들에게 말했다.

"아버지는 학교를 졸업한 지가 몇 십 년이 되었는데도 열심히 공부해서 1등상을 타 가지고 왔으니 너도 1등을 해야 청주고등학교에 갈 것 아니겠니?"

하며 분발을 촉구했던 기억이 난다.

충청북도에서는 청주고등학교가 가장 명문이었다. 그러나 청주고등학교는 전교에서 1~2등을 해야 겨우 들어갈 수 있었다. 한 중학교에서 청주고등학교에 1명만 들어가도 그 해 그 학교에 인물이 났다고 플래카드가 걸릴 정도였다.

전교에서 3~4등이니 청주고등학교는 틀렸다는 생각이 들었다. 어차피 원하는 고등학교에 들어갈 수 없다면 홍헌이가 공업 분야에 취미가 있으니 공고를 보낼까 하는 생각도 들었다. 그런데 가만히 생각해 보니 청주공고보다는 박정희 대통령이 구미공단에 세운 금오공고가 더 낫지 않을까 싶었다.

금오공고는 박정희 대통령이 우리나라를 공업입국으로 만들겠다고 세운 학교로 입학금, 등록금은 물론 숙식까지 국비로 제공하는 학교였다. 졸업 후 취업도 100% 보장되었다. 그러나 아무나 들어갈 수 있는 게 아니라 각 중학교에서 한 명씩 교육청에 추천하면 교육청에서 선발하여 입학이 허가되었다.

나는 홍헌이를 금오공고에 보낼 생각으로 담임선생님과 교장선생님에게 추천을 의뢰했고 학교에서 추천해 주었다. 그런데 하루는 교육청 담당자 조항일 학무과장에게서 전화가 걸려 왔다.

"아니 아버지는 대학을 나오고 그래 통일주체국민회의 대의원까지 하시고, 조합장까지 하고 계시는 분이 금오공고에 아들을 추천하시면 어떻게 합니까? 금오공고는 가정형편이 어렵고 대학을 못 보낼 형편에 있는 학생들이 가는 곳입니다. 아드님이 공부도 잘하니 대학에 보내셔야지요, 아무튼 저는 추천을 못해 드리겠습니다. 양해해 주십시오."

"만약 당신이 반대해서 추천을 해 주지 않으면 내가 교육장을 잘 아니까 직접 부탁할 테요."

이렇게 말하고 나는 그 길로 교육장을 만나러 쫓아갔다. 그런데 아무리 기다려도 외출한 교육장이 나타나지를 않는 것이었다. 한나절을 기다리다 지쳐서 '에라, 모르겠다. 추천을 해 주면 고맙고, 안 해 주면 할 수 없지' 하고는 발걸음을 돌렸다.

아니나 다를까, 당시 학무과장은 우리 홍헌이를 추천해 주지 않았다. 나는 학무과장이 무척 야속했다.

그 후 고등학교 시험원서 접수 날이 며칠 남지 않아 원서를 쓰러 학교에 갔는데 이번에는 담임선생님이 청주고등학교 원서를 써줄 수 없다고 했다. 전교 1~2등을 다투어도 합격이 될지 의심스러운데 3~4등 하는 홍헌이를 써줄 수 없다는 것이었다. 그러면서 새로 생긴 충북고등학교도 괜찮으니 그 곳에 써주겠다고 했다.

"무슨 소립니까, 떨어져도 좋으니까 청고로 써 주세요!!"

나는 큰 소리로 청주고 원서를 고집했다. 결국 접수 마감이 임박하자 학교에서도 할 수 없이 청주고등학교 원서를 써주었다.

당시 홍헌이 진학에 관해 열성적이었던 홍헌이 담임 민병달 선생님이 기억에 남는다.

시험을 보러 가는 날, 아침 일찍 학교에 데려다준 후 돌아와 조합장 회의를 마치고 다시 학교로 쫓아가 아들을 기다렸다. 그런데 시험을 보고 오는 홍헌이의 얼굴이 환하게 밝았다.

"홍헌아, 너 시험 잘 봤니?"

"그냥 그런 대로 봤어요."

표정은 밝은데 말은 별로 자신감이 없어 보였다.

드디어 발표 날이 되었다. 발표 날이 가까워 올수록 괜한 고집을 부려서 아들 재수하게 하는 거 아닌가 싶어 마음이 조급했다.

발표 날이 되자 청주 서울여인숙에서 하룻밤을 자고 발표를 보러 갔다. 그런데 홍헌이 수험번호가 422번인데 학교 게시판을 딱 보는 순간 422번이 크게 눈에 들어오는 것이 아닌가. 나는 무릎을 탁 치면서 기뻐했다.

그날 저녁 나는 얼마나 좋았는지 아내와 함께 우리 집도 이제 명문가문을 계승하게 되었다고 기뻐하고 그 날의 감격을 일기장에 적었다. 홍헌이는 처음 청주고에 입학할 때 상위권은 아니었다. 그런데 얼마 후 반에서 1등을 하더니 특수반으로 들어가 열심히 공부를 하여 서울대학교 치의대학에 들어갔다.

세월이 어느 정도 흐른 후 홍헌이가 강남구 논현동에 '이롬치과'를 개원했는데 내 친구 최병국이 불쑥 말했다.

"안 의장, 아무래도 우리 매형한테 술 한 잔 사야 하는 거 아냐?"

나는 무슨 소린가 싶어 최병국을 쳐다보았다.

"그 때 우리 매형(당시 음성교육청 학무과장)이 금오공고에 가도록 추천해 주었으면 홍헌이가 지금 엔지니어 밖에 더 됐겠어?"

당시 홍헌이가 전교 3~4등을 하니 청고 합격은 힘들 것 같고 학교에서도 청고에 원서를 안 써준다고 해서 나는 충북고나 청주공고를 보내는 것보다 금오공고에 가도록 추천해 달라고 했는데 조항일 씨가 반대했던 것을 말하는 것이었다. 결국 사람의 운명은 참 묘한 것 같다. 나는 후일 조항일 씨를 만나 술과 식사를 대접하며 당시 홍헌이를 추천해 주지 않아 결과적으로 더 잘 되었다고 말했다. 그 말을 듣고 좌중이 한바탕 웃었던 기억이 난다.

졸업 후 홍헌이는 청주에서 신혼생활을 하며 용암동에서 평안치과를 착실하게 운영하다가 자식들 교육을 위해 서울로 병원을 옮겨, 서초구 서초동 교대역 4거리 로이어즈 빌딩 내 5층에서 치과의사 1명과 함께 80여 평 규모의 이룸치과를 경영하고 있다.

치과의사로서 코골이치료로 특허를 냈으며 유명 중앙지 명의코너 생로병사에도 소개되었다. 특히 자랑스러운 일은 부자 동네인 서초구 세무서장으로부터 모범납세자 표창을 받았다는 사실이다. 이는 홍헌이가 얼마나 정직하고 성실했는지를 잘 말해 주는 대목이다.

큰아들 부부는 하나님을 열심히 믿는다. 둘 다 교회에서 집사 직분을 맡아 교회 일에도 열심히 앞장서는 착실한 기독교 신자다. 큰 손자 중진이는 총명하고 영리해서 스위스 명문고에 입학하여 공부하였고, 이후 미국 유명대학에서 유학하다가 군에 가려고 준비 중에 국립 전북대학교 의학전문대학원에 입학, 2018년 졸업을 앞두고 있다.

둘째 손자 중현이는 건장한 체구에 미남이며 머리가 영리해서 연세대학교 컴퓨터학과를 졸업하고 서울대학교 치의학전문대학원에 응시했으나 본인은 물론 가족들 모두 합격할 것으로 믿었는데 아쉽게도 국립 부산대학교 치의학전문대학원에 합격하여 현재 재학중이며 2018년 졸업할 예정이다. 졸업을 하면 치과의사로 아버지 병원을 함께 운영하는 삼부자 의사집이 되는 것이다. 중현이는 나의 성격을 많이 닮아 나와 대화가 잘 통하고 포용력과 리더십이 뛰어나 동아리 회장도 하고 있다.

충북교육청 중앙도서관 사서과장인 둘째 아들 승헌이

둘째 아들 승헌이는 청주대학교 도서관학과를 졸업하고 소정의 시험을 치러 사서직에 임명된 후 음성군 도서관장, 진천군 도서관장, 중앙도서관 사서계장을 거쳐 2014년 사무관으로 승진, 현재 중앙도서관 사서과장에 근무하고 있다.

승헌이는 성품이 온화하고 착한데 쉬는 날이면 늘 우리 집에 와서 정원을 손질하거나 일을 거들어 준다. 어떤 날은 소독통을 메고 채소밭 소독도 해 주고 어떤 날은 우리가 좋아하는 먹을 것도 자주 사가지고 오는 효자다. 큰아들이 서울에서 병원을 경영하느라 시간을 못 내니 형이 할 일도 전부 도맡아 처리해 주며, 형제들과 부자간에 견해차가 생길 때 큰소리 분쟁이 나면 양쪽 말을 잘 듣고 원만하게 처리하여 가정의 화평을 가져오게 하는 1등 공신이다.

승헌이는 나이 40이 다 되도록 예린이와 예령이 딸만 둘이었다. 그런데 내가 아들을 하나 더 낳았으면 좋겠다고 말하자 또 낳았다가 딸이면 어떻게 하느냐며 이제 그만 낳겠다고 했다. 그래도 우리 내외는 서운해서 하나만 더 낳으라고 종용했고 어머니도 나서서 하나만 더 낳으라고 권유하셨다.

결국 승헌이는 부모의 뜻에 따라 아기를 갖기로 했다. 며느리가 만삭이 된 어느 날, 아들 집에서 하룻밤을 잤는데 며느리가 아침 일찍 방문을 두드렸다.

"아버님 제가 만약 아들을 낳지 못하고 딸을 낳으면 어떻게 하지

요?”

머느리는 걱정스러운 얼굴로 말했다.

“얘 아가, 이제 내일 모레가 출산일인데, 아들이면 어떻고 딸이면 어떠니? 그저 건강하게 순산이나 해라.”

며칠 후 며느리는 아이를 낳으러 병원으로 갔다. 그런데 딸에게 전화가 걸려 왔다. 나는 궁금해서 첫 마디에 뭐를 낳았느냐고 물었다.

“아버지, 언니가 딸을 낳았어요.”

솔직히 전화를 받고나자 조금 서운한 생각이 들었다. 그래도 그 길로 손주를 보러 병원으로 아내와 함께 달려갔다. 가서 보니 ‘축 득남, 할아버지’ 라고 쓰여진 글자가 화분에 쓰여져 있는 것이 눈에 띄었다. 알고 보니 며느리는 손자를 낳은 것이었다.

나는 너무 기쁘고 고마워서 수고했다고 말하고 얼마 전에 일시 융통해 준 1천만 원은 축하금으로 너에게 주니 아들 건강하게 잘 키우고 대학갈 때 학비에 보태 쓰라고 하였다. 손자를 낳아준 며느리가 정말 고마웠다.

어머니가 살아계실 때 중호를 안아보고 얼마나 기뻐하셨는지 모른다. 중호는 현재 고등학생이며 1미터 80cm의 헌칠한 키에 미남이며 착하고 공부도 잘하고 있다. 며느리는 중호를 낳고 나더니 대를 이을 자식을 낳은 안도감이 들어서인지 건강도 더 좋아졌고 중호를 낳고부터 가족 분위기가 더 화목하고 활기가 넘쳤다.

나는 특별히 자녀교육에 힘썼다. 그리고 내가 아무리 힘들고 어려워도 초근목피(草根木皮)로 연명하면서 나를 대학까지 보내주신 부모님을 생각해서라도 최소한 내가 낳은 자식 6남매는 고등교육, 대학교육까지는 시키리라 결심했고 그런 신념으로 살아왔다.

'치맛바람' 이라는 말이 있다. 그러나 나는 '바지바람' 을 일으킨 장본인이기도 하다. 나는 평균 1년에 두 번씩은 큰아들부터 막내에 이르기까지 일일이 학교로 찾아가 담임선생님을 만났고 상담을 했다. 아이들이 학교생활을 잘 하는지, 비뚤어지지는 않았는지, 늘 선생님하고 대화하고 식사도 나누면서 관심을 가졌다.

특히 큰아들 홍헌이는 담임선생님 집에 하숙까지 시켰다. 그리고 선생님께 개별적으로 지도를 받을 수 있도록 했으며, 면담을 자주 하였다. 다행히 '바지바람' 을 일으켜가며 열심히 자녀들을 독려한 덕에 여섯 명의 자녀 중 하나도 잘못된 자녀가 없다.

또 자녀들에게도 항상 정직하고 성실하게 살라고 귀에 못이 박히도록 일렀다. 내가 33년 동안 공직생활을 하면서 검은 돈 한 푼 먹지 않았고, 정직하고 깨끗하게 살아왔으니 너희들도 정직하고 성실하게 살아가라고 떳떳하게 말했다. 자녀들이 오늘날 정직한 사회인으로 살아가는 것을 볼 때 얼마나 감사한지 하느님에게 감사 기도를 올린다.

심청이 버금가는 효녀, 고명딸 덕순이

나는 아들 다섯에 딸 하나를 두었다. 그 중 셋째 덕순이는 청주여중을 거쳐 청주여고를 졸업했다. 아이들이 청주로 나가 학교에 다닐 때 우리 부부는 농사일로 청주에 가지 못하고 15평 아파트를 하나 구해서 어머니가 아이들의 뒷바라지를 도맡아 하셨다.

그런데 덕순이가 고등학교 3학년이 되던 해는 첫째부터 막내까지 전부 학교에 다니다 보니 어머니가 보시기에 내 어깨가 너무 무거워 보였던 모양이다. 당시 첫째 아들은 치대 6년차로 졸업반이었고, 둘째는 대학 4년차 졸업반, 셋째는 여고 3학년, 넷째는 고등학교 1학년, 다섯째는 중학교 3학년, 막내가 중학교 1학년이었다.

아무리 열심히 농사를 짓는다 하더라도 6명의 뒷바라지를 하기에는 많이 벅찼다. 솔직히 아이들의 학비를 위해서 아내가 결혼반지를

팔아 보탤 정도였으니 그 고생은 말로 다 할 수가 없다. 그러니 자식들에게 학비와 용돈은 별로 주지 못했다.

우리 형편을 뻔히 아는 어머니는 어느 날 셋째 딸을 앉혀놓고 말했다.

"덕순아, 지금 아버지가 너희들 6남매의 학자금을 대느라 말도 못하게 고생하는데 여자가 꼭 대학을 가야겠니? 할머니 생각에는 대학을 가지 않더라도 직장을 다니던가, 아니면 부모님한테 가정교육을 받고 출가를 하던가 해도 좋을 것 같다. 여자는 그저 남편 잘 만나면 호강하고 살 수도 있으니까 내 생각에는 네가 대학을 포기했으면 좋겠다."

할머니 말을 들은 덕순이는 아버지의 무거운 어깨를 생각해서 대학을 가지 않겠다고 선언하고 한국 해원의료보험조합에 시험을 치러 합격하고 취업을 하였다.

그러나 학구열을 접은 것은 아니었다. 덕순이는 직장에 다니면서 방송통신대학에 입학하여 공부를 시작했다. 그 다음 해에 바로 밑의 남동생이 서울대학교 자연과학대학에 합격했는데 동생을 데리고 4년간 밥해 주고 학비, 용돈까지 보태면서 뒷바라지를 했다.

덕순이는 나이 30이 다 되도록 동생 뒷바라지와 직장생활을 하다가 사위를 만나 결혼을 했다. 결혼할 당시 사위 박용식은 충남대학교를 졸업하고 동양 엘리베이터 대리로 근무하고 있었다.

하루는 덕순이가 근무하는 직장 이사장에게서 전화가 걸려 왔다.

"아버님, 따님이 사표를 냈습니다. 아버님께서 좀 말려 주세요. 사실 따님이 그만둔다고 해서 우리 회사가 큰 타격을 받는 것은 아닙니다. 그런데 솔직히 따님의 능력이 너무 아깝습니다. 따님이 일도 잘하지만 동료간에 화합하고 직장 분위기를 화기애애하게 이끌어 가는 데 일등공신입니다."

우리 부부는 놀라서 그 길로 딸에게 전화를 걸었다.

"덕순아 너 혹시 사표 냈니?"

"네."

"요즘 제대로 된 직장 들어가기가 얼마나 힘이 드는데 사표를 냈어? 이유가 뭐니?"

"지금 큰애도 친정어머니가 키워 주시는데 이제 둘째 낳으면 맡길 데도 마땅찮고 또 저도 좀 쉬고 싶어서요."

우리는 전화로 덕순이를 말리다가 안 되겠다는 생각에 그 다음날 덕순이를 찾아갔다.

"덕순아, 아이 키우는 것은 잠깐이고, 지금은 시대가 달라져서 여자도 직장을 가져야 한다. 직장을 그만두면 너 나중에 반드시 후회하게 돼. 지금은 좀 어렵더라도 조금만 더 힘을 내면 안 되겠니?"

처음에는 완강하게 고집을 부리며, 자신은 출가외인이니 신경 쓰지 말라고 고개를 젓던 덕순이도 우리 부부의 간곡한 만류에 조금만 더 생각을 해 보겠다고 했고, 결국 둘째는 시어머니에게 맡기고 직장을 계속 다녔다.

덕순이는 현재 외손자 병철이와 혜민이를 낳고 행복하게 살고 있으며, 건강보험공단 차장으로 승진해서 여전히 직장생활을 하고 있다. 여고를 졸업한 후 바로 직장을 가졌기 때문에 벌써 35년째 근속 중이다. 덕분에 호봉도 꽤 높고 지금은 어지간한 정년을 앞둔 공무원보다 훨씬 나은 연봉을 받고 있다.

덕순이는 지금도 가끔 회사를 그만두겠다고 고집을 피웠을 때 끝까지 말려주신 부모님이 너무 고마웠다고 말한다. 6남매 중 유일한 고명딸인 덕순이는 중간에서 딸내미 역할을 톡톡히 하고 있다. 혹 부모와 자식, 형제 사이에 갈등이 있거나 불편한 관계가 있으면 윤활유 역할을 해서 잡음이 나지 않고 화합하게 한다. 그야말로 딸내미가 화목한 가정을 이루는 데 기여한 공이 여간 큰 게 아니다.

나는 가끔 덕순이를 떠올리면 흐뭇하다. 만약 딸이 없었다면 얼마나 서운했을까? 덕순이는 키울 때부터 예쁘고 마음씨가 착해서 어떤 사람한테 주어야 할지 신경이 많이 쓰였다.

그런데 시집보내는 날, 딸내미를 데리고 예식장에 들어가서 사위에게 인계해 주고 돌아서는데 눈물이 핑 돌았다. 정말 딸을 보내는 마음이 그렇게 서운하다는 것은 딸을 키워서 시집보내기 전에는 모를 것이다.

덕순이는 지금 청주에 살고 있는데 전화도 자주 하고 틈만 나면 우리 내외를 자주 찾아온다.

서울대학교 대학원 석사모 쓴 셋째 아들 필헌이

자식을 일러 아롱이다롱이라고 한다. 나는 6명의 자녀를 낳아 키웠지만 자식들이 한창 자랄 때는 생활이 어려워 뒷바라지를 제대로 못해 고생을 많이 시켰다. 지금 우리 아이들을 보면 키가 그렇게 크지 않은데 물론 유전적인 요인도 있겠지만 나는 내가 못 먹여서 못 큰 게 아닌가 싶어 가슴이 아플 때가 종종 있다.

남들이 볼 때는 내가 조합장도 하고 군의회의장도 하니까 뭐 그리 생활이 어려웠을까 고개를 갸웃하겠지만 실제로 6명의 아이들을 키우면서 나는 정말 어렵게 살았다. 오죽하면 우리 집 대들보 장남인 홍헌이를 학비가 안 드는 금오공고에 넣을 생각을 했겠는가? 물론 금오공고를 졸업하면 학비도 절약하고 졸업 후 취직도 보장되고 했기에 보낼 생각을 했었지만 아무튼 제대로 뒷바라지를 못했던 것은

사실이다. 그런데 큰 아들 홍헌이에 이어 셋째 아들 필헌이도 서울대학교에 진학했으니 그 이야기를 한 번 해 볼까 한다.

필헌이는 어려서부터 공부하는 게 취미일 정도로 공부를 잘하고 좋아했다. 그야말로 잘 때만 책을 놓고 화장실을 갈 때도 손에서 책을 놓지 않았다. 필헌이가 대성중학교를 졸업하는 날, 어머니와 우리 내외, 형제들 해서 온 가족이 졸업식에 참석하였다. 졸업식 날 필헌이는 교육감상을 탔다. 보통 사립 중고교는 전교 1등이 재단이사장상, 2등이 교육감상을 받는데 그야말로 감격스러워 가슴이 벅차올랐다.

집으로 돌아오는 차 안에서 내가 물었다.

"우리 필헌이 장하다. 네가 아까 상을 타는데 아버지는 너무 기뻐서 눈물이 다 나오려고 했다. 그런데 너는 이 다음에 어느 대학에 가고 싶니? 아니, 뭐가 되고 싶니?"

"아버지, 저는 자연과학자가 되고 싶어요."

필헌이는 망설이지 않고 자연과학자가 되고 싶다고 말했다.

자연과학자라는 말을 듣는 순간 나는 이게 아닌데 하는 생각이 들었다.

"자연과학자? 자연과학자도 좋기는 하지만 고생도 많이 하고 배고픈 직업이여. 서울대 법대를 졸업해서 판검사하면 남한테 대우도 받고 돈도 많이 벌고 호강도 할 수 있어. 그러니까 너는 서울대 법대에 갈 생각을 해야지, 자연과학자 같은 건 꿈도 꾸지 마라."

보수적이고 권위주의적인 내 말에 필헌이가 대답했다.

"아버지, 판검사도 양심적으로 하면 돈 못 벌어요."

나는 순간 속이 뜨끔했다. 이제 겨우 중학교 졸업을 하는 16살짜리 소년이 벌써 생각이 여물었구나 싶었다.

"간혹 판검사가 설치는 성숙하지 못한 나라도 있지만 판검사가 부정하면 옷을 벗는 나라도 많아!"

얼떨결에 그런 말을 하며 나는 입을 다물고 말았다.

필헌이는 세광고등학교에 진학하여 역시 말썽 한 번 부리지 않았다. 그리고 도내 수학경진대회에서 3번이나 금메달을 받았고 모범생으로 졸업했다.

대학 입학원서를 쓰는데 필헌이는 자연과학자가 되고 싶었던 희망을 버리지 않았는지 서울대학교 자연과학대학 생물학과를 지원했다.

"필헌아, 너 서울대학교 자연과학대학 들어간 거 참 고맙고 기특하다. 그런데 아버지가 알기로는 서울대학교 자연과학대학에 들어가면 70~80%가 전부 유학 가는 걸로 알고 있고, 또 유학을 갔다 와야 대학교수를 하거나, 학자가 되거나 그 분야에 전문 과학자가 되는데, 아버지가 돈이 없으니까 사비로 유학을 보낼 수는 없고 네가 열심히 공부해서 국비장학생으로 유학을 갔으면 좋겠다."

나는 솔직히 내 바람을 필헌이에게 말했다. 그런데 전국에서 내로라하는 수재만 다니는 학교에서 국비장학생으로 유학을 가는 것은 그야말로 하늘의 별따기였다. 결국 필헌이는 유학을 가지 못했다. 그런데 과가 생물학과이다 보니 마땅히 취업도 되지 않았다.

그래서 사범대학에 편입해서 2년을 더 공부했다. 사범대학을 졸업한 필헌이는 인천에서 여고 교사로 재직 중이다. 필헌이는 교편을 잡는 한편 서울대학교 교육대학원에 진학하여 자신이 번 돈으로 대학원을 졸업했다.

현재 가족으로는 피아노 지도교사인 며느리와 손자 중원, 손녀 시내가 있으며 독실한 크리스천 가정이다.

지금도 나는 필헌이를 보면 유학을 보내지 못한 것이 가슴에 한으로 남아 있다. 실력이 있는 필헌이가 아버지를 잘 만났다면, 아니 내가 그 때 조금 여유가 있었더라면 필헌이를 케임브리지대학이나 하버드대, 콜롬비아대, 정 안 되면 일본의 와세다대학이라도 유학을 보냈을 것이고, 그랬다면 필헌이는 지금 박사학위를 받고 대학교수가 되었을 것이다. 그런데 공부를 그렇게 잘하고 재능도 있는 아들을 고등학교 교사로 주저앉혔으니 가슴이 아플 수밖에.

변명은 아니지만 아이들 6명이 모두 학교에 다닐 때는 정말 힘들었다. 등록금을 마련하느라 그야말로 허리가 휠 지경이었다. 뒤늦게 운이 따라서 재산이 좀 증식되었는데 그 때는 이미 자식들의 공부가 다 끝난 뒤였다. 안타깝지만 어쩔 수 없는 일이었다. 그러나 나는 내 능력껏, 형편껏 아이들에게 최선을 다했다.

농업후계자에서 소방공무원 된 넷째 아들 민헌이

민헌이는 어려서 우량아로 몸집도 크고 잘생긴 넷째 아들로 태어났다. 민헌이는 서너 살 때부터 나를 잘 따르고 출근할 때면 나를 따라간다고 쫓아 나와 엄마가 붙들면 뿌리치고 울면서 내가 탄 자전거에 매달리곤 했다.

민헌이는 초등학교 입학하기 1년 전, 옆집 또래 친구 이장원과 놀다가 장원이 할아버지가 소죽을 쑤는 펄펄 끓는 소죽솥으로 넘어져 오른쪽 팔을 데어 3도 화상을 입은 바 있다.

나는 너무 놀라서 금왕 무극에 하나뿐인 권의원에 데리고 가서 응급치료하고 다음날 또 데리고 갔는데 워낙 화상이 심해서 주사를 놓고 약을 바르는 것 외에 별다른 치료방법이 없었다. 여기서는 안 되겠다 싶은 생각에 그 길로 서울 명동에 있는 백병원에 데리고 가서

수속을 밟아 담당의사의 진료를 받았다.

담당의사가 진료한 후에 말하기를 화상이 너무 심해서 조금 더 일찍 왔으면 좋았을 텐데 너무 늦어서 피부이식이 잘 될는지 모르겠다며 자신 없는 표정이었다.

나는 피부이식을 하면 성공률이 얼마나 되겠느냐고 물었다. 의사는 해 봐야 알겠지만 성공률은 반반이라고 했다. 그 말에 실망하여 돈도 그렇고 해서 수술을 받지 않고 그냥 데리고 왔는데 지금 생각하니 그 점이 너무 후회가 된다. 비록 반반이라고 말했더라도 혹시 성공을 할 수도 있었는데, 차라리 수술이라도 해보고 후회를 하더라도 하는 게 훨씬 좋지 않았겠는가 하는 아쉬움이 남는다.

민헌이는 이후 화상 부위가 짓물러 큰 고생을 하고 결국 흉터를 남겼다. 학교에 가서도 팔의 흉터 때문에 여름에도 짧은 셔츠를 못 입고 팔이 긴 남방을 입어야 했고 그렇게 초등학교와 중고교를 다녔으니 어린 마음에 얼마나 마음고생을 많이 했겠나 싶은 생각에 안타깝기 이를 데 없다.

지금도 그때 생각을 하면 내가 판단을 잘못하여 민헌이에게 많은 고통을 안겨준 것 같아 죄책감에 미안한 생각이 들고 마음도 아프다. 그러나 민헌이는 나를 조금도 원망하지 않고 오히려 나를 돈이 없어 그랬거니 하며 이해해 주고 있다. 그 후 경제 형편이 조금 나아진 후 팔뚝에 심한 흉터를 다듬는 수술을 받았다.

민헌이는 덕산중학교를 집에서 다녔는데 우리 집은 광농으로 일꾼을 두고 1년에 쌀로 13가마, 지금 돈으로 치면 220만원을 주고 농사를 지었다. 옛날에 없는 사람이 살기가 얼마나 힘들었나 생각하면 지금은 참 없는 사람도 몸만 건강하면 한 달에 임금이 200만원은 거뜬히 벌 수 있으니 참 좋은 세상이다. 아무튼 부모님에게 물려받은 땅에 내가 구입한 땅 가치를 치면 1만평이나 되는 광농이었다.

자식이 5남 1녀가 있으나 전부 도시로 나가서 의사, 교사, 공무원으로 일하게 되자 나는 한 아이라도 이 땅을 지킬 농사꾼을 양성하고 싶은 욕심에 민헌이를 청주농고 자연농과에 보냈다. 자연농과는 정부에서 농촌을 지킬 농업 후계자 양성을 목적으로 입학금, 수업료,

숙식비가 전액 면제이고 졸업 후 군대도 면제라고 해서 기왕 농토를 물려주고 농사를 시킬 바에는 이 학교를 보내는 것도 괜찮을 것 같아 자연농과를 보낸 것이다. 그런데 3년간 수업을 마치고 졸업을 하고 나자 정책이 바뀌어 자연농과 졸업생도 군대를 가게 되었다.

결국 민헌이는 자원해서 군에 입대하여 해병대로 만기제대를 하고는 공무원 시험을 치르겠다고 했다. 내 입장에서도 농촌이 갈수록 힘들기에 잘 생각했다 싶었는데 민헌이는 청주집에 가서 공무원 임용시험 준비를 시작했다.

당시 막내 명헌이가 형이 공부하는 공무원 임용고시 문답집도 함께 풀며 도와주고 정보도 알려주면서 열심히 뒷바라지를 해 주었다. 민헌이는 혼신의 노력을 하여, 그 엄청난 경쟁 속에서 상위권 성적으로 합격하여 소방관이 되었다.

본인의 기쁨이야 말로 다 표현하기 힘들겠지만 나 역시 기뻤다. 자식 6남매 모두가 치과의사, 교육청 사서과장, 교사, 의료보험공단 차장으로 전부 공직자인데 우리 민헌이가 농사꾼이 되었다면 본인의 처지는 말할 것도 없고 부모 마음도 아팠을 것이다. 그런데 민헌이가 공무원이 되자 부모의 마음을 편하게 해준 1등 효자라고 생각한다.

민헌이는 첫 발령지 청주소방서에서 소방업무를 성실히 수행하고 충주소방서를 거쳐 우리 고향 음성소방서에서 무궁화를 하나 달고 현재 팀장으로 근무하고 있다.

첫 발령부터 진급시험 기회가 되면 시험을 쳐서 승진했는데 2017

년 상반기에는 파출소 소장으로 진급하여 나갈 것으로 나는 기대하고 있다.

가족으로는 대학교 유아교육과를 나와 유치원 교사를 하다 자녀 교육 때문에 쉬고 있는 이명희와 1남 1녀를 두었는데 장남 중헌이는 머리가 영리해 국립 강원대학교 정보통신학과를 다니다 2015년 자원입대하여 현재 부산에서 복무하고 있으며, 딸 예진이는 엄마를 닮아 예쁘고 마음씨 착한 딸로 고등학교에 다니고 있다.

장남 중헌이는 어려서 몇 해 동안 우리 집에서 자랐는데 머리도 좋고 헌칠한 키에 미남이며 아빠를 닮아 말도 잘하고, 또 할아버지와 대화도 많이 한 장래가 촉망되는 손자다.

K2 아웃도어 율량복합점 사장 된 막내 명헌이

막내아들 명헌이는 어려서부터 건강하고 총명했다. 막내라서 특히 부모사랑을 많이 받고 자랐다. 잘 키워 잘 가르치면 형들처럼 서울대학교까지 갈 수 있겠다는 생각이 들었다. 세월이 빨라 어느덧 초등학교 입학할 시기가 되었다. 명헌이는 워낙 영리해서 7살 때 맹동초등학교에 입학시켰다.

한 해가 지나 2학년이 되었다. 도시 학생들과 경쟁하며 공부하면 실력이 향상 될 것이라고 생각한 나는 명헌이를 청주로 전학시키면 좋지 않을까 싶어 집에 와서 아내와 상의하니 아내도 찬성하였다.

나는 명헌이에게 청주로 가서 학교에 다니겠느냐고 물어보았다. 명헌이는 우리와 떨어져 사는 게 불안했는지 싫다고 했다. 나는 청주에 가면 아파트에서 형, 누나와 함께 지낼 수 있고 할머니가 맛있는

밥도 해 주실 것이며 아마도 막내 손자라 귀여워하실 것이다. 또 집에서 학교가 가까우니 여러 가지로 편리해서 공부하기에 좋겠다고 설득했으나 명헌이는 계속 싫다고 고개를 저었다. 그러나 계속되는 나의 설득에 명헌이도 그렇게 하겠다고 말했다.

나는 맹동초등학교 신익철 교장선생님께 말씀 드려 전학서를 발급받아 한벌초등학교 2학년에 명헌이를 편입시켰다. 그런데 전학을 간 명헌이는 가족들과 대화도 잘 하지 않고 다른 친구들과 잘 어울리지도 않았다. 어쩌다보니 외톨이가 되어 적응도 잘 하지 못했다. 걱정이 되었지만 시간이 흐르면 좀 나아지겠지 했다.

그러다보니 어느새 겨울이 가고 봄이 되어 3학년이었다. 그러나 명헌이는 조금도 나아지지 않았다. 결국 명헌이가 잘못될 것을 염려하여 다시 맹동초등학교 3학년으로 전학을 오게 되었다. 부모와 함께 지내게 되고 가까운 친구들도 다시 만나자 명헌이는 나날이 좋아져 학업성적도 상위권을 유지했다.

그리고 세월이 흘러 어느새 6학년이 되었다. 그런데 새로운 고민거리가 생겼다. 당시 학군제도상 맹동초교 졸업생은 무극중학교나 덕산중학교에 갈 수밖에 없었다. 그래서 일찍이 청주에서 중고등학교를 졸업시켜 서울대나 아니면 서울의 명문대로 보낼 생각을 한 나로서는 도저히 용납이 안 되는 일이었다.

생각 끝에 명헌이를 청주로 다시 전학시켜 한벌초교에서 졸업을 시켜야 되겠다는 생각에 그 누구와 상의도 없이 일방적으로 한벌초등학교 6학년에 편입시켰다. 결국 명헌이는 청주에서 중고등학교를 다녔다.

그 무렵 막내 명헌이는 건강이 좋지 않아 병원치료를 받아야 했다. 그런데 병원에는 죽어도 안 가겠다고 했다. 일종의 반항이었다. 결국 이번에도 명헌이를 설득하여 병원에 가서 완벽하게 치료를 했다.

아무튼 명헌이는 청주에서 중고등학교를 졸업하고 서울의 명문대학을 못 보낸 아쉬움은 있지만 국립 충북대학교에 입학하여 졸업학위를 받았다.

뒤돌아 생각하니 명헌이 하나를 키우고 가르치는데 자식 몇 명을 키우고 가르치는 마음 고생과 신경을 썼다. 결과적으로 자식을 위한다는 나의 강한 집념과 욕심 때문에 나이 어린 명헌이에게 심리적 고통을 안겨준 것이 미안하게 생각되기도 했다.

명헌이는 대학 졸업 후 7급 공무원 시험 준비 중에 공인중개사 자격을 따놓은 게 있어 오창4거리에 '밝은공인중개사'란 간판을 걸고 직원 2~3명을 데리고 영업을 시작했다.

그러나 몇 해가 지나도 고생만 하고 별 수익이 나지 않았다. 그래서 부동산 중개업이 적성에 안 맞으니 다른 직종을 해 보자고 설득하였다. 그런지 얼마 후 명헌이가 나에게 차를 타라고 해서 따라간 곳은 천안에 있는 실내 골프연습장이었다. 방이 10개 있는 연습장이었는데 둘러보고 점심때 냉면집엘 갔다. 순모밀로 만든 냉면이었는데 얼마나 맛있게 먹었는지 천안에 가면 그 집에 다시 가서 냉면 한 그릇 먹고 싶은 생각이 난다.

당시 실내 골프연습장은 영업이 잘 되고 뜨는 사업이었다. 시내에서 골프연습장 몇 곳을 구경하고 시장 조사를 하는 중에 명헌이가 "아버지 사천동 큰길에 붙은 땅 중에 300~400평 작은 게 매물로 나왔는데 아버지가 여유가 있으시면 사는 게 어떠세요?"라고 종용하였다. 가서 보니 입구는 좁으나 중간이 넓고 옆에 6m의 폐도가 있어 활용하면 충분하고 영업시설을 할 수 있는 땅모양이 항아리같이 생겨 돈이 들어가면 쌓일 부자 터라는 생각이 들었다.

그래서 그 땅을 사기로 마음먹고 명헌이와 함께 땅주인을 만나 6억 5,000만 원에 매매 계약서를 썼다. 부족한 금액은 평안빌딩을 담보로 3억 5,000만 원 대출을 받아 땅값을 완불하고 법인으로 등기 필했다.

이후 구입한 땅을 담보로 융자를 받고 명헌이가 운영하던 부동산 사무실 판돈을 보태 토지정지작업과 각종 세금을 납부하고 상업시설 120여 평 건물을 지은 후 상업을 열심히 했다. 그러나 저가 브랜드에 품질도 좋지 않아 영업이 안 되어 마음고생을 말도 못하게 하고 K2를 유치하려고 온갖 애를 써도 힘만 들지 어려움을 겪었다. 그러던 차 우리 건물 바로 옆에 삼성전자가 600평 규모의 3층 건물을 짓고 영업을 시작하는 바람에 그 일대가 활성화되었다.

K2 본사에서 옆에 삼성전자가 들어오니 K2대리점을 쉽게 내주었다. 감사히 생각하고 K2 율량복합점 간판을 걸고 영업을 시작했다. 운영책임을 맡고 있는 사장 명헌이와 카운터에서 일하는 실장 홍정아는 내외간으로 착실한 기독교 신자이다. 두 사람은 정직, 성실, 겸손한 자세로 고객을 왕처럼 섬기는 영업을 해 고정 단골손님이 많이 늘어 중부권에서 제일가는 K2 모범점포가 되었다.

그래서 본사에서 표창을 받고 전국에서 K2에 관심 있는 많은 사람이 견학을 오기도 한다. 우리 막내 명헌이는 아버지의 재산을 관리하고 또 증식해 주었으며 아버지가 안정적으로 생활할 수 있도록 꾸준히 지원해 주는 것에 감사하다.

가정적으로 1남 1녀를 두었는데 손주들이 영리하고 공부도 잘해 현재 필리핀에서 중 · 고등부학교 유학중이며 손자 중석이는 할아버지 시골집에 오면 하라고 시킨 것도 아닌데 청소도 잘하고 정원과 마당의 잡초도 뽑는다. 성실해서 손자 13명중 내가 가장 높은 점수를 주는 장래가 촉망되는 귀여운 손자다.

올봄에 우리 내외 생일날 가족이 많이 모인 자리에서 중석이에게 커서 뭐가 되고 싶으냐고 물었더니 외교관이라고 말해 나를 기쁘게 했다. 이제는 내가 83세로 나이가 많아 중석이가 외교관이 되는 것을 볼 수는 없겠지만 열심히 공부 잘하고 확고한 신념 위에 최선을 다해 노력을 보탠다면 중석이는 반드시 꿈인 외교관이 될 수 있다고 나는 믿고 있다. 중석이가 우리 음성 출신인 반기문 유엔 사무총장 같은 훌륭한 외교관이 되기를 축수하고 기원한다.

제 4 장

상록수를 꿈꾸며

– 농촌운동의 횃불을 들고

4-H구락부 지도자 생활
맨손으로 이룬 60정보 경지정리
박정희 대통령을 만나다
제 30주기 박정희 대통령 추도사를 했다
맹동농업협동조합 창립
벼 한 가마니 내기 현물출자운동 전개
불량 묘삼 바꾸러 가다가 오토바이 전복돼
내 사전에 편법은 없어
아무리 털어도 먼지 안 나는 조합장
인삼재배 성공으로 고소득 올려

4H구락부 지도자 생활

지(智) · 덕(德) · 노(努) · 체(體)의 4H[1] 이념에 심취해서 4H구락부에 참여한 경력이 있는 나는 군지도소에서 회장에 출마했다. 나와 겨룬 사람은 김완○(훗날 국회의원 역임) 씨였는데 뜻밖에도 음성군 초대 농촌지도자 회장에 당선된 것은 바로 나였다. 당시 군지도소는 이규덕 소장님, 정길영 지도사, 연영탁(고인), 박선생, 사환 포함 5명이 전부였으며 초창기 4-H 농촌지도자 연합회장은 무보수 직원으로 봉사했다.

지도자 연합회장이 된 후 나는 시범적으로 우리 봉암 4H회원 10여

---

1) 4H란 두뇌(Head: 知) · 마음(Heart: 德) · 손(Hand: 勞) · 건강(Health: 體) 실천을 통하여 배운다는 취지 아래 설립된 세계적인 청소년 단체로 청소년을 미래의 주역으로 키우고 농어촌 발전을 도모하는 것이 주목적이다.

명과 군지도소 이규덕 소장님 입회하에 모심는 방법부터 바꾸었다. 즉 전처럼 산발적으로 심지 않고 못줄을 띄워 눈금대로 심은 것이다. 그런데 먼저 심은 논에는 근잠병[2)]이 심했다. 이대로 두면 농사를 망치게 될 것이 뻔해 서둘러 농약을 살포하기로 했다. 농약은 독일제 호스휘노 10,000cc를 사고 사용설명서대로 분무기에 물 20l와 농약 20cc를 타서 200평 한 마지기에 1통씩 60정보를 살포했다. 평균 1인이 20분무기를 살포했으니 무리였다.

나를 포함하여 함께 농약을 뿌린 한 사람이 구토가 나고 가벼운 중독증상이 발생했다. 병원으로 가서 응급조치를 받고나자 바로 괜찮았다. 다행히 약을 살포한 지 며칠 지나지 않아 근잠이 싹 가신 걸 본 농사꾼들은 참 신기해 하며 자기들이 농약방에서 약을 사다 뿌리며 우리가 시범을 보인 것에 감사해 했다.

나는 첫해가 지나고 1962년 2월에 시군지도자 연합회장들과 협의하여 충청북도 4H구락부 자원지도자 연합회를 창립하기로 합의하고 선거를 치렀는데 회장에 선출되었다. 다음날 충청일보에 '4H구락부 자원지도자 연합회 창립 초대 회장에 안병일' 이란 타이틀로 5단 기사가 보도되었다.

그로부터 며칠 뒤 도청에서 전갈이 왔다. 며칠 후 도청 지사실로 오라는 내용이었다. 나는 그 날 도청에 버스를 타고 갔다. 당시 도지

2) 벼가 잘 여물지 않는 병. 벼가 이 병에 걸리면 이삭이 하얗게 겉마르고 여물지 않는다.

사는 육군 소장 출신의 고광도 씨였다. 도청 비서실을 거쳐 비서의 안내를 받으며 지사실로 갔다. 고 지사는 나에게 자리에 앉을 것을 권하며 곧바로 말을 꺼냈다.

"자원지도자 연합회는 도대체 뭘 하는 단체입니까?"

고 지사의 말에 나는 막힘없이 대답했다.

"농촌에는 중학교에 진학하지 못한 젊은 청소년이 많습니다. 자원지도자 연합회는 지(智) · 덕(德) · 노(努) · 체(體) 4H구락부 이념에 따라 개인별 과제지도 4H구락부 활동을 통해 농업의 신기술 보급, 과학영농 교육과 지도로 농가 소득향상이 목적인 단체입니다."

내 말을 다 듣고 난 고광도 지사는 무릎을 탁 치면서 말했다.

"그것이 바로 우리 5.16혁명 이념과 같습니다. 참 좋은 일을 하시는 데 제가 뭘 도와드리면 좋겠습니까?"

나는 잠시 생각을 하다가 말했다.

"지도자들이 활동하는 데 자전거가 필요합니다. 자전거를 읍면별 1대씩 100대만 주시면 도움이 크겠습니다."

내 말을 들은 고광도 지사는 그 자리에서 승낙을 했다.

"OK, 최대한 빠른 시일 내에 절차를 밟아 속히 지원해 드리겠습니다."

나는 감사 인사를 하고 도청을 나왔다. 그로부터 며칠 후 나에게도 자전거 한 대가 나왔다. 나는 진흥원장인 한충구 원장도 만나 도내 전체운영에 대해 상의할 것이 있고 관계 국장님들과 상의할 일도 있고 해서 진흥원에 가기로 하고 새벽같이 자전거를 타고 청주까지 달렸더니 코감기가 들었는지 누런 콧물이 나왔다.

진흥원에 들러 한충구 원장님과 관계 인사를 만나 용무를 보고 시내로 오는데 사직동 구길은 경사가 급하고 노면이 좋지 않았다. 그런 길을 자전거를 타고 비탈길을 달리는데 너무 빨라서 쏜살같이 내려가는 것이었다. 순간적으로 놀라서 브레이크를 잡았으나 속도는 잡히지 않았고 속도가 더욱 빨라지자 겁이 나서 간이 콩알 만해졌다. 불행 중 다행으로 차가 덜 다니는 바람에 그나마 사고 없이 자전거는 청주대교에 와서야 겨우 속도가 줄어 멈출 수 있었다.

지금도 그때를 떠올리면 기억이 생생하여 안도의 한숨이 나온다. 결국 그 날은 여인숙에서 1박하고 증평을 지나 음성군 원남면 문암리 서명석(군지도자 연합회 감사) 씨 댁에서 점심을 먹었다. 서두른다고 했는데도 음성읍을 거쳐 금왕읍을 지나 봉암 우리 집에 오니 밤 10시가 되었다.

그날 달린 거리가 150리 60km이니 15시간 자전거를 탄 것이다. 내가 생각해도 그 힘이 어디서 나왔는지, 오직 젊음과 하겠다는 집념 때문이 아니었을까 싶다. 지금도 그날을 돌이켜보면 기적이라는 생각밖에 들지 않는다.

내가 집에 들어서자 아버님은 화가 나서 작대기를 집어 드셨다.

"너 소 팔고 땅 팔아 대학 졸업시켰더니 밤낮없이 어디를 그리 쫓아다녀!"

아버님은 금방이라도 매질을 하실 것 같았다. 나는 아버님 화를 가라앉히려고 싹싹 빌었다.

"아버님 잘못했습니다."

아버님은 분이 풀리지 않는지 작대기 잡은 손에 힘을 주었다.

"아버님 제 말 좀 들어주세요. 제 심정은 가난하고 못 배운 농촌의 그 많은 젊은이들이 새로운 세상에 눈을 뜨지 못하고 옛날 방식대로 농사를 짓는다면 우리 부모님들처럼 가난을 못 면하고 고생하고 살게 분명한데, 그들이 가엾고 불쌍한 생각이 들어 그들을 도와주려는 게 제 생각이었습니다. 저를 위해 온갖 고생을 하신 부모님의 바람은 잘 알고 있습니다. 우리 병일이가 대학만 졸업하면 농사꾼 면하고 서류가방 들고 집에 오는 신사를 만들겠다는 꿈도 잘 알고 있습니다. 저는 고등학교 정교사 자격증도 있고 해서 취직하기가 남들보다 쉬울 겁니다. 앞으로 지도자 임기가 1년 남았는데 1년만 참고 기다려주시면 4H지도자로 자리를 잘 만들어 후임자에게 넘겨주고 아버지 어머님 마음 편히 소원 풀어드리고 잘 모시겠습니다."

내 말에 화가 치밀었던 아버님은 들고 있던 작대기를 내려놓고 크게 "흠흠~" 헛기침을 하시며 건넌방으로 들어가셨다. 평소 말이 적으신 아버님이었으나 내가 한 말에 귀 기울이시고 이해를 해 주시는 것 같아 내 마음 또한 편했다.

그날 내가 자전거로 하루에 150리 60km를 다녔는데 그 원동력이 어디서 나왔는지 지금 생각하면 초인적 힘이고 아니면 내 정신 속에 꼭 하고 싶다는 집념, 농촌운동의 사상이 몸을 지배하고 있었기 때문에 가능한 일이 아니었을까 싶다.

그로부터 3년 뒤인 1965년 6월 29일, 나는 향토문화 공로상인 상록상을 받았다. 당시 이 상은 박정희 대통령의 지시로 정부에서 크게 권장하였으며 대대적인 보도로 내가 상을 받고 축전을 300여 장 넘게 받은 대상이었다.

이후 소이면 갑산리 4H구락부에서 우리 부락 월례회 운영을 보시고 좋은 말씀과 고구마 다수확 신기술 강의를 해달라는 초청이 왔다. 소이면은 음성 관내로 별로 멀 것 같지 않아 집에서 점심을 일찍 먹고 자전거를 타고 금왕을 거쳐 음성을 지나 소이면 소재지 소이초등학교에 도착하니 해는 석양에 넘어갔고 주위가 이미 어두침침했다.

마을 사람들에게 갑산리는 얼마나 가야 하느냐고 거리를 물으니, 거리는 얼마 안 되는데 큰 산 밑이라 가기가 불편할 거라는 말을 했다. 솔직히 날이 어두워지니 더럭 겁이 나기도 했다. 초행인 데다가 어둡고 더더욱 신작로도 아니어서 사람이 나타나면 무조건 붙들고 얼마나 더 가면 되냐고 물어보았다.

그런데 만나는 사람마다 얼마 안 남았으니 계속 올라가라는 것이다. 자전거도 탈 수 없고 끌고 걸어가자니 그도 짐이었다. 그래도 사람들이 가르쳐준 대로 계속 가니 좀 멀리 떨어진 곳에 초가집이 있었고 불도 켜져 있었다. 그 집에 가서 물으니 다 왔다며 길을 안내해 준다. 지금도 그렇지만 그때 시골인심은 참 좋았다. 안내하는 대로 목적지 마을회관에 도착하니 밤 12시였다.

이제 안 오는 줄 알고 막 헤어지려는 찰나에 들어가 간단한 인사말과 고구마 다수확 신기술을 진흥원에서 배운 그대로 전수하고 남상구 지도자님 댁에 가서 1박했다.

남상구 지도자님은 일찍이 4H 자원지도자로 음성군 10대 회장을 역임했고, 헌법기관인 평화통일자문위원을 나와 같이한 오랜 동지이자 친한 친구다. 그리고 지금 나이 팔순이 다 되었어도 건강하게 노년을 잘 보내고 있는 지역 원로다.

만약 누가 시켜서 돈을 아무리 많이 준다 해도 하루 150리 60km를 15시간씩 자전거를 탄다는 것은 못할 것 같다. 지금도 뒤돌아보면 내가 어떻게 그런 행동을 했는지, 젊다는 것이 참 좋다는 생각과 함께 놀랍고 신기할 뿐이다.

맨손으로 이룬 60정보 경지정리

1965년, 정부에서 자주근로사업으로 농촌개발사업을 실시하였다. 나는 우리 지역 개발사업으로 경지정리사업을 하기로 결심했다. 경지정리는 무분별하게 나누어진 논을 반듯반듯하게 구획하여 사람의 손이 아닌 기계로 농사를 지을 수 있도록 하는 농지개량 사업이었다.

당시는 관개시설이 말이 아니었다. 저수지가 없어서 농부들이 개울을 삽과 가래로 파서 물을 끌어 논에 대던 시기였으니 관개시설도 엉망이었다. 그런데 경지정리를 하면 관개시설도 함께 해결할 수 있는 이점이 있었다.

우리 맹동면 봉현리에는 60정보 되는 평야지대가 있었는데 구획이 구불구불하고 제멋대로였다. 나는 군청을 찾아가 교섭을 벌였다.

이 일을 성사시키기 위해 군 당국과 관계기관을 설득했고 사업이 추진될 수 있도록 백방으로 뛰어다녔다. 이후 군청에서 타당성이 인정되어 경지정리를 하게 되었다. 3월 초, 맹동면 봉현리와 용촌리 2개 마을 60정보의 경지정리가 시작되었다. 우리 음성군은 물론 대한민국에서 최초로 시작한 역사적인 일이었다.

경지정리 추진위원회를 구성하고 내가 위원장이 되어 총대를 멨다. 당시 정석, 박동규 두 사람이 부위원장을 맡고, 이사는 이장이며 사촌 형이기도 한 안병환 씨가, 회계책임은 안경호 씨가, 그리고 지역의 연세 많은 원로 어르신들이 추진위원을 맡았다.

기술은 군청에서 지도를 하고 일은 주로 젊은 사람들이 앞장서서 했다. 당시 일할 수 있는 면민들은 모두 나와 힘을 합쳐 일했다. 중장비 기계인 포클레인, 트럭, 불도저 등 변변한 농기계 한 대 없이 흙을 일일이 삽으로 퍼내고, 퍼낸 흙은 지게와 달구지에 실어 운반하였다. 나중에는 철로를 깔고 폐광에서 사용하던 구루마를 구해서 그야말로 원시적인 방법으로 개미처럼 일했다. 정부에서는 근로사업에 참여한 사람들에게 소맥분을 지급했다. 배고팠던 시절, 일거리가 없고 노동력은 충분한 이점을 십분 활용한 것이다. 결국 관내 면민을 총동원했던 비결이 사업을 성공으로 이끄는 원동력이 되었다.

농지정리는 어떻게 보면 기적에 가까운 일이었다. 농업의 기계화가 이루어진 지금도 경지정리를 하면 전년도 추수 후부터 온갖 장비를 동원해서 해도 제때 하기가 힘든데, 하물며 당해 연도 봄에, 그것도 순 사람의 힘으로만 했으니 도저히 있을 수 없는 일이었다. 뒤돌아 생각하면 그 패기와 추진력, 불도저 같은 힘이 도대체 어디서 나왔는지 나 자신도 고개를 젓고는 한다.

그런데 모를 심을 때가 되어 가는데도 경지정리가 끝나지 않았다. 벼농사는 농민들의 근본인데 행여 때를 놓쳐 농사를 망치게 될까 우려하는 마음에 민심이 흉흉해지기 시작했다. 지금은 고인이 된 박모 씨는 왜 경지정리를 한다고 일을 벌여 벼를 제때 못 심게 하느냐며 주먹질이었다. 느닷없는 주먹질에 앞니 두 개가 나갔다.

문제는 거기서 끝나지 않았다. 우여곡절 끝에 경지정리가 마무리되자 이번에는 환지작업을 해야 했다. 환지작업은 참으로 어려운 일이었다. 머리를 싸매고 환지작업을 끝내자 불만이 있는 사람들이 벌떼처럼 들고 일어났다. 오늘은 이 사람, 내일은 저 사람이 찾아와 '내 논이 여기 많이 들어갔는데 왜 나를 안 주고 딴 사람을 줬느냐, 도대체 무슨 사심으로 그렇게 했느냐?' 며 따지고 들었다.

사실 나 혼자 한 것도 아니고 환지위원회에서 위원들 10명이 함께 결정한 일이라고 아무리 설명해도 소용이 없었다. 가만히 있다가는 큰일 나겠다는 생각이 들었다. 잠시 냉각기를 갖기 위해 지역 원로 심윤경 씨와 서울로 피신, 3일 후에 돌아왔다. 그 때는 처음보다 분위기가 한결 가라앉아 있었다. 60여 정보 경지정리를 하면서 나는 많은 것을 배우고 깨달았다. 사람의 힘이 뭉치면 세상에 못할 일이 하나도 없다는 사실과 이렇게 한 마음 한 뜻으로 협력한다면 우리 농촌도 금방 변화할 수 있겠구나 하는 희망을 보았다.

문제는 농민들의 마음을 움직이는 것이었다. 그들의 마음을 움직이기 위해서는 내가 먼저 솔선수범하여 눈앞에 좋은 결과물을 내놓는 일이 최선이라는 생각이 들었다. 그래서 개척자는 다른 사람보다 몇 갑절이나 더 힘든 길을 걸어가는가 싶기도 했다.

다행히 경지정리는 성공적이었다. 세월이 흐른 뒤 농민들은 당시의 경지정리는 누가 뭐라 해도 잘한 일이라며 칭찬을 아끼지 않는다.

박정희 대통령을 만나다

'화가 나면 무슨 말을 하기 전에 마음 속으로 열까지 세라. 그래도 화가 가라앉지 않으면 백까지 세라. 그래도 안 되면 천까지 세라.'

미국 독립선언서를 기초한 제 3대 대통령 토머스 제퍼슨의 명언이다. 예로부터 우리 선인들은 백행 가운데 참는 것이 가장 으뜸이라고 했다.

과연 이 명언은 맞는 말이었다. 환지정리 후 서울로 상경, 며칠이 지난 후 돌아오니 사람들의 마음도 분이 가라앉았는지 잠잠해졌다.

3월에 시작한 일은 예정보다 훨씬 늦어져 6월에야 끝이 났지만 60정보나 되는 논을 넉 달 만에 경지정리를 했다는 사실은 거의 기적에 가까운 일이었다.

내 생각에 환지는 대체적으로 공평했다. 당시 환지위원회 실무를 맡아 수고한 정석 씨가 기억이 난다.

'한 필지 안에 가장 많은 땅이 들어간 사람들에게 준다, 가급적 여러 군데 흩어진 땅은 한 곳으로 모은다, 가급적 집단화 한다' 등등 대원칙과 소원칙을 정한 후 원칙에 근거해서 땅을 나누었기 때문이다. 물론 어떤 사람은 운 좋게 좋은 땅을 차지했고 어떤 사람은 좀 덜한 땅이 배당되기도 했지만 궁극적으로는 모두에게 이로운 일이었다.

막상 현대적인 방법으로 기계화된 농사를 지어 보니 여러 모로 손쉽고 수확량도 훨씬 늘었다. 그 해 농사를 짓기까지는 나를 원망하고 욕하던 사람들이 추수 때가 되자 태도가 달라지기 시작했다.

"역시 안병일이여, 안병일이가 큰일을 했어."

곳곳에서 나를 칭찬하고 격려하는 소리가 들렸고 이구동성으로 농촌운동의 효시적인 인물로 나를 추천하였다. 그렇게 해서 1965년 향토문화 공로상과 금메달을 받게 된 것이다.

제 3공화국은 1962년부터 낙후된 향토와 농촌에 새로운 활력과 삶의 의욕을 불어넣기 위해 향토문화 육성발전과 복지향상에 심혈과 노력을 기울인 사람을 발굴하여 향토문화 공로상을 수여했다. 이 상은 일명 '상록수상' 이라 하였고 상을 받은 사람은 '인간 상록수' 로 불렸다. 당시 심훈의 소설 '상록수' 는 농촌계몽을 하는 사람뿐 아니라 일반 대중들에게도 많이 읽히던 책이었다.

이 상은 내가 받은 그 어떤 상보다 값진 상이었다.

향토문화 공로상을 받은 후 나는 청와대에 초청을 받았다. 박정희 대통령과 한상에 둘러앉아 대화도 나누고 음료수도 마시는데 이후락 비서실장이 농촌 대표로 박정희 대통령에게 건의할 것이 있으면 하라고 했다.

"대통령 각하께서 한・일 협정을 성공적으로 체결하셔서 3억불을 받아오셨는데, 중공업 발전도 좋고 공업육성도 좋지만 우리 농촌경제에도 1억불 정도는 할애해 주셨으면 좋겠습니다."

나는 겁도 없이 자리에서 일어나 이렇게 말했다.

박정희 대통령은 아무런 대답 없이 의미 있는 웃음을 지어 보이셨다.

상을 타기 위해 일을 한 것은 분명 아니었으나 명예로운 상이 내게 주어지자 솔직히 힘이 솟았다. 그러나 한편으로는 지금보다 더 열심히, 더 정열적으로 일하라고 독려하는 것 같아 두 어깨가 무겁기도 했다.

제 30주기 박정희 대통령 추도사를 했다

매년 10월 26일 박정희 대통령 서거일에 국립 현충원 박정희 대통령 묘역에서 민족중흥회가 주관하는 추도식이 거행된다. 이 추도식은 추도식추진위원회에서 행사를 맡아 추진하는데 사회 각 계층의 저명인사가 추도사를 하고 있다.

나는 농촌운동과 새마을운동에 앞장서 정부로부터 향토문화 공로상인 상록수상을 수상한 사람으로 선정되어 지난 2009년 제 30주기 추도사를 유가족과 전국에서 오신 수많은 추도객을 모시고 추도사를 하였다. 당시 추도사 전문은 다음과 같다.

추도사(追悼辭)

이 나라 농촌에서 가난한 농부의 아들로 태어나 농촌과 농민을 지극히 사랑하셨던 박정희 대통령 각하!

가난을 숙명으로 여기며 살아왔던 이 나라 이 민족에게 탁월하신 영도력으로 '하면 된다!'는 굳은 신념과 큰 희망을 주신 그 힘으로 우리를 가난에서 오늘날 세계 12위라는 눈부신 경제대국으로 이끌어 주신 민족의 영웅이신 박정희 대통령 각하! 온

민족의 통곡 속에 불의의 서거 30주기를 맞아 새마을 지도자 안병일이가 지난날 각하의 많은 사랑을 받았던 새마을 지도자, 농민의 한 사람으로서 삼가 명복을 비오며 추도사를 드리게 된 것을 가슴 저린 슬픔과 함께 무한한 영광으로 생각합니다.

44년 전 제가 향토문화 공로상(상록수상)을 수상하고 청와대를 예방했을 때 저의 손을 꼭 잡아 주시고 "농촌 살리기 운동하느라 참으로 고생이 많았겠다" 하시면서 격려해 주시고 머지않아 잘 사는 농촌이 될 것이라고 하신 신념에 찬 말씀과 그 눈빛을 저는 지금도 잊을 수가 없습니다.

새마을운동은 박정희 대통령 각하의 국가개조 프로젝트였습니다.

요즘 젊은 세대에겐 6.25 전쟁만큼이나 아득한 새마을운동이지만 외국 사람들은 땀을 뻘뻘 흘리며 배우고 있습니다.

지금까지 13억 중국을 비롯해서 92개국 약 5만 명의 외국인이 한국에 와서 '새벽종이 울렸네' 를 배우면서 합숙훈련을 했다고 지난 9월 28일자 동아일보에 보도된 바 있습니다.

세계 어느 나라에서 어떤 프로젝트에 대해 이렇게 많은 나라 사람이 참여한 사례가 없었다는 사실만 보더라도 새마을운동은 세계적인 녹색 운동이라 확신합니다.

대통령 각하께서는 70년대 초 새마을운동이라는 독창적 의식개혁운동으로 농촌에 지붕개량, 마을안길 넓히기 등 환경개선과 신품종 통일벼를 장려하여 엄청난 소득증대로 살기 좋은 농촌을 만드는 데 온갖 정성을 다 쏟으셨습니다. 이 운동에 참여했던 역군들이 이제는 8순을 바라보는 할아버지 할머니가 되었지만 그 열정은 지금도 마음속에 남아 있습니다.

비만 오면 논밭이 침수되어 폐농되기 일쑤였던 것을 자조, 근로사업으로 둑을 쌓아 수해를 예방하고, 농경지를 정리하는 등 시급한 사업을 하면서 노임은 밀가루로 지급하여 국수와 수제비로 허기진 배를 채우면서 보릿고개를 넘겨 새마을사업에 적극 참여하였습니다. 또 농촌에 가장 큰 어려움이 땔감 부족이었습니다. 땔감을 오직 산림에만 의존했던 관계로 산은 날로 벌거숭이가 되어가고 있을 때 각하께서는 지하탄광을 개발하여 연탄연료를 사용케 함으로써 산림은 점점 울창해지고 매년 되풀이되던 홍수로 인한 막대한 피해가 예방되어 농민들의 한숨을 덜게 해 주셨습니다.

대통령 각하께서 중점을 두셨던 농공병진 정책은 농어업과 공업을 함께 발전시켜야 한다는 국가정책의 핵심이었습니다. 농업분야에는 우선 객토와 퇴비증산을 권장하여 농토를 비옥하게 하셨고, 신농업기술을 보급하여 식량증산에 최선을 다하셨으며 선진국이 되려면 공업을 발전시켜야 된다면서 기능인 육성을 위해 구미공고를 비롯한 각 시도 공고를 특성화 시켰습니다.

또 우수한 해외과학자를 초빙하고 카이스트를 창설, 과학기술 두뇌를 집중 육성하였으며, 각 분야에 기능인을 우대하여 공업발전에 크게 기여한 결과 현재까지 세계 기능올림픽에서 수십 차례 우승을 하는 등 세계적으로 유례를 찾아볼 수 없는 경이적인 성과를 거두고 있습니다.

각하께서 하신 사업은 수없이 많지만 가장 대표적인 사업으로 국토 대동맥인 경부고속도로 건설과 국가 기간사업의 근간이 되는 포항제철 공장을 건설하신 것이 조국근대화를 이룩하신 혁신적인 업적이라고 하겠습니다. 대통령 각하의 선각적인 혜안과 결단이 있었기에 이 모든 일이 가능했으며 일부 비판도 있었지만 오직 국가와 민족을 위해 조국 근대화를 이룩하시겠다는 애국적 신념에서 자기 몸을 불태우신 민족의 지도자로서 서거 30주년을 맞아 더욱 존경하며 추앙받고 있습니다.

각하께서는 교육의 중요성이 민족중흥의 기반이 된다는 신념에서 자연보호 및 국민교육헌장을 제정하셨으며 새마을연수원을 만들어 훌륭한 새마을 지도자를 대거 양성한 것이 새마을운동 활성화에 원동력이 되었다고 생각합니다.

금년 9월 20일 구미시에서는 새마을운동을 체계적으로 연구하고 실천방안을 토론하는 새마을박람회가 열렸으며, 여기에 세계 각국에서 1,000여 명의 학자들이 모여 토론회를 갖는 등 전 세계적으로 이 운동이 확산 보급되고 있습니다.

현 정부에서도 이 운동을 한 단계 높은 새마을운동으로 계승 발전시켜 주실 것을 기대합니다. 각하께서 잘 하신 업적은 헤아릴 수 없이 많지만 안타깝게도 잊혀져 갑니다. 만시지탄의 느낌이 있으나 박정희 대통령 기념관 건립이라든지 기념사업도 우리 세대가 떠나기 전에 강력히 적극 추진할 것을 간절히 바라고 원하는 바입니다. 업적이 뚜렷하고 뜻을 모으고 정성이 있는데 어찌 아니 되겠습니까?

박근혜 영애께서는 어머니이신 육영수 여사님께서 불의에 서거하신 그 엄청난 난국에서도 어머님의 빈자리를 원활히 수행하여 각하로 하여금 한 치의 흔들림 없이 국정수행을 하시도록 하셨으며 지금도 아버님의 유지를 받들어 오직 국가와 민족을 사랑하시는 마음으로 헌신하고 계십니다. 아무쪼록 영애이신 박근혜 전 한나라당 대표의 뜻이 이루어지도록 보살펴 주시옵소서.

5.16 당시 국민소득 82불, 수출 4,000만 불 저성장기에서 1979년

국민소득 1,640불, 수출 150억불, 연평균 9.3%의 기적적 성장으로 오늘날 우리들이 잘 먹고 잘 사는 풍요로운 삶을 살고 있습니다.

저희들 모두는 이렇게 기억하고 있습니다. 열심히 일하셨던 대통령, 국민 앞에 떳떳하시고 당당하셨던 대통령, 오직 조국과 민족만을 사랑하셨던 그 이름 박정희 대통령이십니다.

근면, 자조, 협동의 새마을 정신을 저는 신앙처럼 받들고 현장을 뛰었던 그날들이 참으로 행복했고 아름다웠던 시절이었습니다. 새마을운동으로 오직 조국과 민족만을 위하시겠다는 그 훌륭하심에 감동을 받아 제가 새마을 지도자의 길을 걷게 되었고 다시 태어나도 이 길을 가겠습니다.

하늘나라에 계시는 박정희 대통력 각하, 오직 조국과 민족만을 사랑하셨던 대통령 각하, 사랑합니다. 조국과 민족은 오직 님을 사랑하고 엎드려 추모합니다.

님은 떠나셨지만 저희들은 떠나보내 드리지 않았습니다.

저희들 마음 속에 영원히 남아계실 것입니다.

길이길이 편안히 쉬옵소서!

2009년 10월 26일

민족지도자 고 박정희 대통령 서거 30주기에

새마을 지도자 **안 병 일** 올림

맹동농업협동조합 창립

집안의 반대를 무릅쓰고 농촌운동을 계속해 나가면서 나는 각 마을단위로 있는 농협을 면단위로 통합해야 한다는 필요성을 절실히 느꼈다. 농촌이 잘 살기 위해서는 반드시 농협이 필요했다. 과거에는 마을단위로 조합이 있었는데 영세했기 때문에 읍면단위 농협을 만들게 된 것이다.

그러나 당시는 조합이 활성화 되지 못하던 시기였다. 당시 나는 봉현리 농협 조합장이었다. 이사로 정봉헌, 박진서가 생각이 난다. 처음 부락단위로 있는 농협을 읍면단위 조합으로 만들었으면 좋겠다는 착안을 한 사람은 음성군 농협의 남상돈 군조합장이었다. 그 당시 나는 군농협에 이사로 재임하고 있었다. 평소 나도 통합 조합의 필요성을 절실히 느끼고 있었던 터라 남상돈 조합장과 함께 우리 맹동면 농협을 시범적으로 한 번 통합해 보자는 데 의견을 모았다.

맹동면 농업협동조합 앞에 세워진 공적비

맹동면에 있는 18개의 이동조합을 면단위 농협으로 묶기로 하고 추진하는 데 리 · 동 조합장의 반발이 거세서 힘이 들었다. 그러나 인내로 설득하여 동의를 받고 통합조합 발족 총회를 열어 조합장을 선출했다. 당시 맹동면에서 부면장을 했던 임모 씨와 경합을 벌인 나는 압도적인 지지로 당선되어 초대 조합장이 되었다.

1969년 가을, 막상 초대 조합장이 되었으나 조합장이라는 감투만 있을 뿐 건물은커녕 자금도 한 푼 없었다. 그야말로 백지상태에서 시작해야만 했다. 나는 내 명의의 땅은 물론 우리 부모님의 땅까지 저당 잡히기 위해 전부 내놓았다. 이사 이우석 씨, 안재혁 씨, 감사 임태순 씨도 땅을 내놓았다.

내어놓은 땅을 저당 잡히고 금융조합에서 대출을 받았다. 그렇게 끌어 모은 돈으로 그 당시 맹동면 소재지 중 가장 한복판의 땅을 구입하였다. 총 500평을 평당 쌀 3되씩 주고(지금 돈으로 환산하면 약 5,000원) 구입해서 농협 사무실을 짓고 상호금융을 시작했다. 그 땅은 당시 맹동면장을 역임한 심을구 씨의 땅이었다.

처음에 건물을 지을 때 사람들은 이구동성으로 말했다.

"저 사람 안병일이 미친 거 아녀? 있는 재산 전부 저당 잡히고 빚 끌어다가 농협을 차린들 농협이 제대로 되겠어? 누가 조합장이라고 월급을 주는 것도 아니고 농협이 자체에서 벌어서 직원들 월급도 주고 해야 할 텐데, 저 사람이 농촌운동을 하더니 이제는 또 농협을 하겠다고 나서니 참 망하는 것은 시간문제네 그랴."

사람들은 반신반의하며 혀를 찼다. 막상 불도저처럼 일을 추진하던 나도 주변에서 하도 어리석게 취급하니 '과연 잘 될까?' 하는 의문이 들었다. 실패는 곧 몰락이었다. 게다가 부모님의 재산까지 저당 잡힌 터라 농협의 실패는 파산으로 이어질 터였다. 그러나 나는 실패는 생각하지 않기로 마음을 다잡았다. 그동안 해 왔던 농촌운동의 일환으로 생각하고 내 역량을 쏟아 최선을 다한다면 잘 될 것이라고 확신하며 앞만 보고 달리기로 마음먹었다.

초창기 농협 조합장은 완전히 무보수였으니 참 일하기 어려운 시기였다. 여기저기서 맹동농협은 자립하기가 어려우니 인근에 있는 큰 농협과 합쳐야 한다는 말이 돌았다. 나중에는 군조합에서 직접 나서서 맹동조합은 지역도 음성군에서 가장 작고 자금도 영세하니 인근의 큰 금왕농협과 합치는 게 어떠냐고 권유를 하기도 했다. 그러나 나는 이를 완강하게 거절하며 오히려 조합원들의 결집을 강화하는 데 이를 활용하였다.

그래도 단위가 큰 농협은 그 당시 금융조합 건물과 재산을 그대로 상속받아서 기본 틀이 있었다. 일제시절부터 큰 지역에는 금융조합이 있었기 때문이다.

그야말로 우리 맹동면은 무에서 유를 창조해야만 했다. 그래도 나는 인근의 조합과 합병을 해서는 우리 맹동면의 발전에 조금도 득이 될 게 없다고 생각했다. 그리고 힘들고 어려운 만큼 잘 키워 나가면 반드시 우리 맹동농협이 자립되고 면민들에게 도움이 될 것이라는 확신도 있었다. 창립 초기에 함께 고생했던 안필준, 이창선 두 참사가 특히 기억에 남는다.

맹동면 농협은 그렇게 황무지에 뿌리를 내리기 시작했다. 이후 농협을 이끌어가면서 자그마치 조합장 7선이라는 경이의 기록을 세웠다. 물론 초창기에는 선거가 그리 어렵지 않아 선거를 치렀다고도 할 수 없었지만 회를 거듭할수록 조합장 선거도 치열해졌다. 그러나 초창기에 힘들었던 농협을 일으켜 세우는 것을 곁에서 지켜본 동네 사람들은 계속해서 나를 지지해 주었다.

어느 정도 조합이 제 몫을 하게 되자 나는 이제 조합장을 그만두겠다고 했다. 그러자 동네 사람들은 안 된다고 나를 만류했다. 초창기 그 어렵던 조합을 죽을 고비까지 넘겨가면서 무보수로 일한 사람이, 이제 겨우 조합이 자립되어 조금이라도 보수를 받게 됐는데 그만 둔다는 것은 말이 안 된다고 말렸다.

그렇게 해마다 등에 떠밀려 조합장에 출마하다 보니 어느새 조합장 7선이라는 기록을 세우게 되었다. 조합장 임기가 3년이었으니 어림잡아도 21년이라는 세월 동안 조합장을 한 것이다. 결국 8번째에는 내가 강력히 원해서 출마하지 않았다.

10년이면 강산도 변한다는데 나는 20년이라는 세월을 맹동면 조합장으로 일했다. 강산이 2번 변할 동안 우리 맹동면도 눈부시게 발전을 한 것은 두 말할 필요조차 없다.

내가 조합장을 그만두자 조합원 1,000여 명이 그 동안의 공적을 비석에 새겨서 공적비를 세워 주었다. 물론 내가 그동안 했던 일들이 대가를 바라고 한 것은 아니었다. 나는 마음이 가는 대로, 마음이 내키는 대로 어떻게든 우리 맹동면이 잘 살았으면 좋겠다고 생각했고, 방법을 연구하고 자립조합(自立組合)을 만드는 동안 조합장 안병일의 청춘도 농협과 함께 바쳤다.

아무리 그렇더라도 20여 년간 조합장을 한 것은 순전히 우리 맹동면 주민들의 전폭적인 지지가 없고서는 이룰 수 없는 쾌거였다. 이 글을 통해 그동안 나를 믿고 따라준 맹동면 주민들에게 다시 한 번 감사의 인사를 올린다.

벼 한 가마니 내기 현물출자운동 전개

맨주먹으로 시작한 조합은 사실상 누가 보아도 홀로서기가 불가능해 보였다. 오죽하면 인근의 큰 조합과 합병하라는 주위의 권유가 있었을까?

어려움이 닥칠 때마다 괜히 시작했다는 후회가 들기도 했다. 그러나 근본적으로 우리 조합이 독자적으로 살아나가야 한다는 생각에는 변함이 없었다. 여러 가지 발전 방향을 모색하다가 우리는 '벼 한 가마니 내기 현물출자(現物出資)운동'을 하자는 데 의견을 모았다.

출자는 말 그대로 '자본을 내다'라는 뜻으로 쉽게 말해 밑천을 대는 것이라고 생각하면 된다. 사업을 하려면 밑천이 필요하듯이 조합을 이끌기 위해서도 자본이 필요한데 농촌이라 현금보다는 벼로 대신하는 것이 쉽기에 '벼 한 가마니 내기 현물출자운동'을 시작한 것이다.

조합이 잘 되려면 자기 자본이 많아야 조합경영이 안정되고 농민들에게도 도움이 되는 사업을 활발하게 펼칠 수 있었다. 따라서 조합원 출자는 당연히 조합장이 앞장서서 솔선수범해야 했다. 나는 조합 임원들과 조합원들을 일일이 만나 설득하고 참여를 유도했다. 결과는 대성공이었다.

나는 이어 예금은 물론 농자재와 생활물자 등 필요한 물품도 농협을 통해 이용하자는 캠페인을 벌였다. 이후 마을 조합원들의 적극 참여로 어려웠던 농협이 날로 발전하였다.

나는 맹동면 조합이 완전 자립조합으로 육성하도록 끊임없는 도전을 계속했다. 수익성이 높은 인삼을 농협에서 직영하고 싶었던 것도 그러한 취지였다.

임원회의를 열어 인삼포사업 직영을 결의하고 조합원들이 인삼포 자재, 말뚝, 이엉 등을 한 가지씩 부담키로 했다. 당시 인삼농사는 군 조합장이던 남상돈 씨가 금산에서 재배기술을 배워다 직접 재배해서 성공하여 많은 수익을 올린 것이 음성 인삼의 효시가 되었다.

초창기 우리 조합의 어려운 사정을 잘 아는 군조합장이 인삼포 직영을 권유했고 우리 조합원들의 적극 참여로 인삼농사를 시작하였다. 처음 짓는 인삼농사라 불안하기도 했지만 군조합장의 기술지도와 조합장 자신이 내 농사를 짓듯 열의를 가지고 하는 사업이라 성공하리라는 신념을 가지고 시작했다.

불량 묘삼 바꾸러 가다가 오토바이 전복돼

인삼농사를 잘 하려면 좋은 토지 선택과 예조, 그에 못지않게 중요한 것이 바로 묘삼이었다. 우량 묘삼을 확보하기 위해서 미리 가을에 묘삼을 사 놓아야 안전했다. 당시 감곡농협 조합장이 재배한 묘삼이 좋다는 말을 듣고 우리 농협은 미리 선불을 주고 묘삼을 확보했다.

가을에 묘삼 값 백만 원을 선불로 치르고 이듬해 봄에 인삼 묘를 할당 받았다. 그런데 도착한 묘삼 상자를 열어보고 나는 깜짝 놀랐다. 어린 묘삼 뿌리에 좁쌀만 한 선충이 잔뜩 끼어 있었던 것이다. 나는 그만 땅바닥에 털썩 주저앉고 말았다.

"아이고 이거 큰일 났구나, 이걸 심으면 인삼이 안 되는데 이 일을 어떡하면 좋단 말인가?"

갑자기 머리가 터져 나갈 듯이 지끈거렸다. 나는 그 길로 묘삼을 주문했던 감곡에 사는 심영섭 조합장을 찾아가기 위해 오토바이를 꺼냈다.

묘삼 대금은 자그마치 백만 원이나 되는 거금이었다. 만약에 이걸 심어서 인삼 재배에 실패를 하면 적자가 날 것이고 그러면 앞으로 우리 조합이 어떻게 될 것인가, 내 머리는 온통 그 생각뿐이었다.

다른 직원들도 있었지만 나는 직접 50cc 오토바이 뒤에 묘삼을 싣고 감곡면으로 가기 위해 길을 나섰다. 그런데 그날따라 평소에는 잘 쓰지 않는 헬멧이 쓰고 싶었다. 내 헬멧은 어디에 있는지 눈에 띄지도 않았다. 그래서 숙직실에 가 보니 직원 헬멧이 눈에 띄기에 그것을 집어 들었다. 헬멧을 쓰고 바짝 잡아당겨서 매고 오토바이에 올랐다.

우리 면에서 감곡면까지는 약 70리 길이었다. 그곳은 포장도로라 차가 급하게 쌩쌩 달렸다. 워낙 고르지 못한 비포장도로에서 오토바이를 타다 포장도로에 나서니 차도 많이 다니고 속도 또한 빠르게 지나쳐서 긴장이 되기도 하였다.

그런데 오토바이를 타고 달리면서도 내 머리는 '만약 이걸 가지고 갔는데 안 바꿔주면 어떻게 하나?' 하는 걱정으로 가득 차 있었다. 긴장을 한 탓인지 어디 부딪친 것도 아닌데 생극과 감곡 사이 국도에서 느닷없이 오토바이가 전복되는 바람에 나는 그만 아스팔트 위에 나동그라지고 말았다.

정신을 차리고 일어서려 했지만 몸이 말을 듣지 않았다. 마침 지나가던 트럭 운전자가 나를 발견하고 놀라서 뛰어나와 나를 일으켜 주었다. 어깨가 부서진 듯 통증이 느껴졌다. 트럭 운전사는 나를 보조석에 앉히고 내 오토바이를 트럭에 실은 후 병원으로 달렸다.

지금 생각하면 참 끔찍한 순간이었다. 만약 도로에 쓰러져 있는데 별안간 뒤차가 와서 덮쳤다면 나는 그 길로 비명횡사를 했을지도 모른다. 천만다행으로 트럭 운전사한테 발견되어 죽을 위험을 면한 것이다. 참 고마운 은인이었다.

병원에 가서 진찰을 해 보니 어깻죽지 뼈가 부러졌다고 했다. 나중에 헬멧을 보니까 오토바이가 전복되면서 머리를 땅에 부딪쳐 헬멧이 하얗게 벗겨져 있었다.

병원으로 가기 전에는 너무 놀라서 아픔도 느끼지 못했는데 나중에 생각해 보니 참 기가 막혔다. 만약 헬멧을 쓰지 않았다면, 머리를 땅에 부딪치면서 나는 이미 죽은 목숨이었다. 나는 보이지 않는 손이 나를 보살펴 주었다는 생각에 눈물을 흘리며 감사를 드렸다. 부모님께 감사하고 하느님께 감사하고 또 감사했다.

지금도 그 때 생각을 하면 아찔하다. 만약 당시 내가 죽었다면 사람들이 뭐라고 했을까? 안병일이 조합을 일으켜 보겠다고 부모님 재산까지 전부 저당 잡혔는데, 일만 잔뜩 벌여놓고 뒷수습을 못했다면 나는 부모님과 처자에게 면목이 없었을 것이다.

그로부터 몇 달이 지나 나는 다시 건강을 되찾았다. 당시 하느님이 나를 죽음에 이르게 하지 않고 구해 주신 것은 아마도 아직은 할 일이 많기 때문이 아니었을까 하는 생각이 든다.

나는 각오를 새롭게 다졌다. 죽었다 살아났으니 더 열심히 조합을 위해서 봉사하고 조합을 잘 이끌어서 자립시키리라 결심했다. 누가 뭐라 해도 나는 조합을 내 젊음과 혼이 밴 내 개인조합처럼 아끼고 사랑했다고 감히 말할 수 있다.

다행히 선충이 끼어 있던 묘삼은 교환을 했고 몇 년 뒤 튼실한 인삼을 수확했다. 당시 재배한 인삼포 1천 평에서 3천만 원의 수익을 올린 것으로 기억된다. 그 돈을 밑천으로 해서 조합이 자립하게 되었음은 물론이다.

인삼재배를 성공해서 얻은 수익으로 500여 평의 땅을 더 사서 100평짜리 창고 2동을 지었다. 그 때만 해도 통일벼 농사로 수확량이 많았는데 창고가 마련되자 통일벼를 모두 수매하여 창고에 보관을 했다. 덕분에 수익료(보관료)를 많이 거두어들여 자립조합을 만드는데 큰 보탬이 되었다. 아무튼 조합 이야기만 해도 한 권의 책으로 다 못 쓸 것이다.

그 후 역경을 딛고 일어선 조합장이라고 중앙회로부터 표창을 받고 성공사례를 발표하게 되었으며 농협과 정부 지원으로 자유중국 선진지 견학을 다녀오기도 했다. 또 당시 농림부 장관으로부터 표창도 받았다.

내 사전에 편법은 없어

맹동농협은 분명 맹동면에 거주하는 조합원들의 공동체이다. 그러나 20여 년간 열정을 쏟아 부어서인지, 아니면 초창기 창립 때 내 재산을 담보로 땅을 사서 조합을 짓는 것부터 시작해서인지 마치 조합이 내 분신인 것만 같다. 그야말로 내 젊음과 애착이 고스란히 녹아 있는 조합을 따로 떼어놓고는 나 자신의 존재가치가 없을 정도였다.

나는 앉으나 서나, 잠을 자나, 심지어 꿈속에서도 어떻게 하면 좀 더 나은 조합을 만들 수 있을 것인가를 고민하고 염려했다. 후에 나는 충북농협을 대표해 중앙회에 도 대표로 일을 하기도 했다.

조합을 운영하면서 여러 가지 어려운 점이 있었지만 그 중 몇 가지만 소개해 보려고 한다.

1980년대 초 전두환 대통령 시절, 농협은 중앙회장에서부터 도 단위 책임자가 거의 군인 출신이었다.

하루는 중앙에서 전국적으로 '일조 원 저축운동'을 하라는 시달이 내려왔다.

목표는 농협 전 직원들 앞으로 1억 이상이었다. 이 목표를 달성하기 위해 조합장은 물론 전 직원들까지 일가친척, 사돈의 팔촌까지 다 쫓아다니면서 예금을 끌어와야 했다. 이 일도 역시 조합장이 솔선수범해야만 했다.

이밖에도 농협 자체에서 거둬들이는 수익을 높게 책정해 두고 목표를 달성하라고 그야말로 닦달을 했다. 목표를 달성하는 것이 쉽지 않자 하루는 판매부장이 조용히 나를 찾아와 말했다.

하루가 멀다 하고 군지부로부터 독촉이 오고 시말서를 쓰라고 하는데 우리 맹동면 농협이 목표를 달성하는 것은 쉽지 않으니 편법을 써보자는 것이었다.

당시 농협 구판장에서는 농업용 비닐을 팔았다.

그런데 농업용 비닐 몇 십 톤을 우리 농협에서 실제로는 구매하지 않았지만 한 것처럼 거짓 문서를 꾸며주면 쓴 분량만큼의 이익금을 주겠다는 것이었다.

다시 말해 실제로 거래가 없었지만 납품했다는 계약서를 만들어 주면 몇 십 톤 비닐을 판 비용을 넣어준다는 말이었다.

그 당시 필름공장은 원료가 부족했다. 따라서 농민들한테 직접 판매를 했다는 실적이 있어야 그 실적에 따라 필름 원료를 더 공급받을 수 있었다.

즉 농협 구판장을 통해서 농민한테 필름을 많이 공급했다는 실적이 있으면 원료를 더 공급 받으니까 계약을 맺어주면 수수료를 지급하겠다는 것이었다.

우리로서는 눈 한 번 질끈 감으면 거액의 수수료가 떨어지는 일이었다. 그렇게 되면 목표도 달성할 수 있으니 그야말로 꿩 먹고 알 먹고, 누이 좋고 매부 좋은 일이었다.

실무자는 들어오지도 않은 필름을 받아서 다 팔았다는 계약서를 써주자며 아예 서류를 만들어 가지고 들어와서 사인만 하면 된다고 말했다.

그러나 나는 '어떻게 쓰지도 않은 필름을 썼다고 거짓 서류를 꾸미느냐? 이런 일은 잘못된 일이니 사인을 할 수 없다' 고 거절했다.

담당자는 우리가 부정을 하려고 하는 게 아니고 목표 실적이 없다고 자꾸 군지부에서 야단을 치니까 이런 방법이라도 써서 우리는 판매 실적을 올리고 수수료도 받고 목표치도 달성할 수 있으니 그냥 강행하자고 오히려 나를 설득하였다.

"솔직히 이 일은 다른 조합에서도 다 하는 일입니다."

그렇게까지 말하는데 나도 사람인지라 순간적으로 갈등이 생겼다. 그래서 하루만 더 생각해 보자고 말하고 담당자를 돌려보냈다.

다음 날은 실무 책임자인 참사가 조합장실로 와 결재를 요구했다.

그러나 나는 끝내 결재를 하지 않았다. 도저히 내 양심상 할 수 없는 일이었다.

그로부터 며칠 뒤 참사가 사표를 제출했다. 이유가 뭐냐고 물었다.

"군지부에서는 목표가 미달되면 자꾸 전화를 걸어 책임을 묻는 통에 일이 안 되고, 군지부와 싸우다 보니 신경이 과민해져 소화도 안 되고, 그러다보니 건강을 상해 더 이상 있으면 제가 죽게 생겼습니다. 그러니 저를 살리는 셈 치고 사표 수리를 해 주십시오."

"이 사람아 그렇다고 사표를 내는가? 기왕에 같이 창립을 해서 고생을 했으니 끝까지 같이 가야 좋지 않겠는가?"

"조합장님이 너무 고지식하고 원칙론을 따지시니 저희들이 밑에서 일을 추진할 수가 없습니다."

사표를 두고 나갔는데 마음이 착잡했다.

'저 사람도 나쁜 사람은 아닌데, 오죽이나 실적에 시달렸으면 저럴까?' 하는 생각에 한 편으로는 측은한 마음이 들었다. 또 초창기부터 시작해 지금까지 농협을 위해 헌신해 온 사람인데 이렇게 보내서는 안 된다는 미안함도 있었다.

결국 건강을 이유로 사표는 수리를 했다. 그러나 초창기 개척자였으므로 중간에 명예퇴직을 하더라도 퇴임식은 해 주어야겠다고 생각했다. 그만두겠다고 사표를 낸 사람에게 퇴임식을 열어서 금 한 냥짜리 행운의 열쇠를 증정해 주고 그동안 공로에 감사하는 공로패 감사장까지 수여했다.

그 당시 퇴임식에 박두원 맹동초등학교 교장선생님이 축사를 했는데 '공무원생활을 몇 십 년 하면서 정년퇴직하는 사람에게 퇴임식을 해 주는 것은 보았어도 중간에 스스로 그만두는 사람에게 퇴임식을 해 주는 것은, 그것도 이처럼 성대하게 해 주는 것은 처음 보았다' 고 말씀하시던 것이 기억난다.

아무리 털어도 먼지 안 나는 조합장

참사 퇴임식을 하고 며칠 지나지 않아 느닷없이 감사원 감사관 두 사람이 들이닥쳤다. 오자마자 금고문을 딱 봉하고 모든 서류를 봉하더니 감사에 들어갔는데 일주일 동안이나 감사를 했다. 그런데 아무리 뒤져도 비리가 발견되지 않았다. 모든 것은 정상적으로 업무처리가 되어 있었던 것이다.

감사가 끝난 후 하는 말이 맹동면 조합장이 워낙 추진력도 강한 데다가 중앙회에 오면 바른 말을 잘 하고 자기주장이 강해서 맹동면 조합을 딱 집어서 작정하고 감사를 나왔다고 고백했다. 그러니까 어떻게든 흠을 찾아내어 나를 조합장에서 물러나게 하려고 나온 사람들이었다.

그로부터 얼마 후 김성구 도지회장이 와서 말했다.

"조합장님 혹시 중앙회에 가서 무슨 말씀 하신 거 있습니까?"

"별 다른 말을 한 게 없는데요, 다만 우리 중앙회가 단위농협에 대해 지나치게 간섭을 하고 횡포가 심하다고 소위원회 회의 때 중앙회장을 질책한 일은 있습니다."

"바로 그겁니다. 그래서 맹동농협이 찍혀서 감사를 나온 겁니다."

결국 별다른 혐의가 없어서 감사는 끝났다. 생각해 보니 판매부장의 제의에 참사가 가지고 왔던 결재서류에 도장을 찍었다면 나는 법에 저촉되어 처벌 받고 조합장은 불명예로 물러나야 했을 것이다.

나중에 알고 보니 전국의 책임 공직자 중에 부정부패와 관련된 사람을 몰아낸다는 명분으로 문제가 있는 사람을 과감히 제거했는데 조합에서만 조합장과 전무, 참사들이 600명이나 물러났다는 후문이었다.

내가 만약 법의 처벌을 받고 조합장직을 내놓았다면 수십 년 동안 봉사, 헌신해 온 것이 하루아침에 물거품이 되었을 것이다. 그야말로 내 명예가 바닥으로 추락할 뻔한 사건이었다.

그날 집으로 돌아와 책을 읽는데 마침 내용이 조선 초기 세종 대부터 성종 대까지 정권과 학풍을 주도하였던 서거정(徐居正)에 대한 글이었다. 그는 학문이 매우 넓어서 천문, 지리, 의약, 점복, 성명, 풍수에 이르기까지 관통하였으며 문장에 일가를 이루고 특히 시에 능하여 명나라에서도 이름이 알려졌다.

그는 70여 년의 생애 동안 관직에 나아가 많은 업적을 남겼으며 우리나라 한문학의 독자성을 내세운 학자이다. 대쪽 같은 선비 기질이 있었던 서거정(徐居正)은 옳은 일을 위해서는 "벼락이 떨어지고 목에 칼이 들어와도 서슴지 않는다" 고 말하며 절개를 보였다.

나는 글을 읽는 내내 고개를 끄덕였다. 내가 만약 직원들의 임기응변식 판단에 따랐다면 어떻게 되었을까? 생각하니 아찔했다.

오랜 세월이 지난 지금도 그 때를 떠올리면 역시 내 소신과 주장을 굽히지 않은 것이 진정한 용기가 아니었을까 하는 생각을 하고는 한다.

인삼재배 성공으로 고소득 올려

인삼재배는 처음에는 조금씩 하다가 점차 기술을 익히고 소득이 높아져 자신이 붙자 몇 천 칸씩 점진적으로 늘려서 규모가 커졌다. 그러다 보니 어느새 만 칸으로 불어나 있었다.

만 칸이면 지금 돈으로 따져서 3~4억이 나오는 상당한 고소득 작목으로 부(富)를 창출하는 계기를 만들었다. 이 인삼재배로 후일 큰돈을 벌어 청주에 땅을 사고 빌딩을 짓기도 했다.

벼농사도 꾸준히 지었다. 돈은 일한 만큼 착실히 쌓였다. 나는 돈이 벌리는 대로 도시에 투자할 줄 모르고 그저 시골에 땅을 넓혀 갔다. 만약 조금만 눈을 돌려서 그 돈으로 도시에 땅을 사두었다면 나는 아마 백억대 부자가 되었을 것이다.

아무튼 나는 부모님을 기쁘게 해 드리기 위해 부지런히 일했고 그대가로 돈이 들어오면 무조건 땅을 샀다. 그래서 아버지 어머니가 살아계실 때 부모님을 즐겁게 해 드리고 부모님의 이름으로 재산을 늘려 동생들, 특히 나 때문에 배움의 기회를 잃은 동생들에게 각기 살 만큼 재산을 분배해 주게 뒷바라지를 했다. 지금은 동생들도 모두 자립하여 남부럽지 않게 잘 살고 있다.

그런데 어떤 일을 하기 위해 시행착오는 반드시 필요한 것인지도 모른다. 초창기에 군자리에 이승해 씨라는 사람과 둘이서 동업하여 인삼을 심었는데 경험이 부족해서 그만 불량 묘삼을 심었다. 그러니 아무리 공을 들여도 헛고생일 수밖에.

인삼은 총 800여 칸을 심었다. 그런데 4년이나 땀 흘려 재배를 했는데 막상 수확을 해 보니 그동안 들어간 비용도 나오지 않았다.

인삼을 심은 곳은 군자리라고 큰 고개를 넘어서 가야만 했다. 그곳은 차도 들어가지 못해 저수지에 조그마한 목선을 띄우고 인삼자재를 운반했다. 주로 아내와 함께 다녔는데 바람이 조금만 세게 불어도 배가 뒤집힐 지경이라 위험을 무릅쓰고 다니면서 재배한 인삼이었다.

아내는 인삼을 돌보는 일꾼들에게 먹일 밥을 해서 나르느라 고생 또한 말이 아니었다. 하루는 밥이 모자라 굶고 집으로 돌아가다가 고갯길에서 기운이 없어 발을 헛디뎌 넘어지는 바람에 위험한 고비를 넘기기도 했다.

그런데 4년 동안 들어간 자본과 노동, 정성은 고사하고 고생한 보람도 없이 한 푼도 건지지 못했으니 그 실망감은 이루 말할 수 없었다. 나보다 위험한 고비를 넘기면서 밥을 나른, 고생한 아내를 보기 미안했고 나 자신도 허탈감과 좌절감에 빠졌다.

이래서는 안 되겠다는 생각이 들었다. 인삼농사에 대한 기술을 더 공부해서 반드시 이날의 실패를 만회하리라, 그런 생각으로 인삼농사를 잘하는 사람을 좇아다니면서 기술을 배웠다.

인삼을 키우는 사람들은 '1토(土) 2묘(苗) 3환(環)'을 중요하게 생각했다. 첫째가 토양이요, 둘째가 씨앗(묘삼—苗蔘)이며, 셋째가 제반 환경이었다. 즉 적절한 재배지를 찾는 것은 인삼 농사의 성패를 좌우했다. 그 외에도 예조작업, 거름 주는 것, 소독하는 것, 배수관계 등을 주의 깊게 보고 익혔다.

밤을 낮 삼아 공부한 덕에 결국 그 누구보다 인삼농사에 통달하게 되었고, 인삼재배로 성공을 거둘 수 있었다. 나중에는 남들이 오히려 나한테 인삼 잘하는 법을 배우러 오고 부러워 할 정도로 고소득 수익을 올렸다.

4~5년 된 인삼은 백삼, 6년 된 것은 홍삼인데 잘 지은 인삼은 사람같이 생겨 아주 매끈하고 깨끗해야 1등 인삼으로 쳤다.

제 5 장

패배를 몰랐던 선거

— 그 전승(全勝)의 신화

통일주체국민회의 대의원 당선을 시작으로
음성군의회 의원 및 초대의장에 당선되다
'영일(榮一)장학회 설립 취지' 와 정관
충청북도 교육위원회 부의장에 선출되다
맹동초등학교 총동문회 결성해 회장에 선임되다
청주대학교 상경대학 동문회장에 선출되다
맹동라이온스 클럽 설립해 초대회장에 선출되다

통일주체국민회의 대의원 당선을 시작으로

통일주체국민회의(統一主體國民會議) 대의원으로 활동했던 시기는 1973년부터이다.

당시 통일주체국민회의 대의원은 국민이 직접 선출하였으며 임기는 6년이었다. 대의원 선거는 자유민주 사상이 확고하고, 유신체제를 지켜 나갈 의지가 확고한 사람을 선출했는데 본인의 출마의사도 중요했지만 내심 정부가 바라는 사람들이 많이 나왔다.

1973년, 제1대 통일주체국민회의 대의원 선거를 했는데 우리 맹동면에서는 4사람이 출마했다. 개표를 해 보니 내가 1,630표로 압도적으로 당선이 되었다.

당시 통대의원은 무보수 명예직이었지만 대통령을 선출하고, 유정회 국회의원 70명을 선출하며 국회에서 개정한 헌법을 승인하여 대통령의 자문기관으로 유신체제를 지탱하는 핵심세력으로 그 권한과 역할이 컸기에 신분상 예우가 좋았다. 따라서 언론에서도 늘 비중 있게 다루었고 국민들도 대의원에 대한 인식이 높았다. 그래서인지 출마해서 당선되기가 매우 힘들었다. 어쩌면 지금의 지방의원 선거보다 훨씬 치열하고 힘들지 않았나 하는 생각이 든다.

통일주체국민회의 대의원 1대 선거는 4명이 출마했어도 비교적 큰 힘을 들이지 않고 당선했는데, 2대 선거는 두 사람이 출마했지만 매우 힘들었다. 초대 때 낙선한 세 사람이 제 3의 인물을 추대해서 힘을 합쳐 연합전선으로 후보자를 밀어준 것이었다.

상대 후보는 경제력이 있고 지원세력도 많았기에 엄청난 물량공세를 폈다. 그러나 나는 예나 지금이나 선거에 나오면 별안간 돈을 쓰거나 별다른 운동을 하는 게 아니라 평상시가 늘 선거운동이었다. 사람들을 만나면 반갑게 인사하며 안부를 묻고 또 어려운 가정사가 있으면 내 일처럼 나서서 발 벗고 뒷바라지해 주고, 이렇게 평상시에 진심으로 대하니까 선거 때는 그렇게 힘이 들지 않았던 것 같다.

그래도 2대 때는 선거가 치열한 양상을 띠었기에 우리 내외뿐 아니라 일가친척들까지 모두 나서서 선거를 도왔다. 드디어 개표일이 되었는데 생각했던 것보다 압도적인 표로 내가 당선하게 되었다. 당선이 되자 사방에서 날아온 축전이 500여 장에 달했다.

당선증을 받아서 정종을 한 병 사들고 부모님 앞에 술상을 차려 술을 따른 후 넙죽 큰 절을 올렸다.

"아버지 저 당선했습니다."

이렇게 말을 하는데 왠지 눈물이 핑 돌았다.

아버지는 말씀하셨다.

"애썼다. 그럼 그렇지, 김가가 우리를 어떻게 당해?"

아버지는 내심 흐뭇해 하셨다.

'내가 아버지 어머니를 기쁘시게 했구나. 선거에 이겼으니 망정이지 졌다면 우리 부모님이 얼마나 실망하셨을까?'

나는 그런 생각을 하며 자리에서 일어났다.

민주화를 누리고 있는 요즈음은 유신체제에 대한 비판이 있는 것으로 안다. 그러나 내가 대의원을 해서가 아니라 박정희 대통령에 대한 평가에 나는 후한 점수를 매기고 싶다. 박정희 대통령은 독재를 하기는 했으나 우리나라가 이렇게 고도의 경제성장을 할 수 있는 기틀을 마련했다고 생각한다. 나는 지금도 우리나라가 공업입국을 정책의 기조로 삼고, 수출 증대에 역점을 두어 경제성장 발동을 건 그 원동력은 바로 유신체제와 새마을운동의 힘이 컸다고 생각하고 있다.

그래서 나는 지금까지 통일주체국민회의 대의원을 역임했던 한 사람으로서 누가 뭐라 해도 조국 근대화를 이루는 데 일익을 담당했다는 자부심을 가지고 있다.

음성군의회 의원 및 초대의장에 당선되다

20여 년간의 조합장 생활을 명예롭게 퇴임하고 잠시 쉬고 있을 때였다.

어느 날 뉴스에 지방의회 의원을 선출한다는 반가운 보도가 나왔다. 나는 평소 지방의회에 대해 관심이 많았다. 우리나라도 참다운 민주주의를 펴려면 반드시 지방자치제가 실시되어야 한다고 믿었기 때문이다. 다행히 당시 분위기는 민주화 바람이 거세게 불면서 지방자치법을 반기는 분위기였다. 그로부터 얼마 후 국민들이 염원했던 지방자치제가 선포되고 본격적인 선거전에 돌입하게 되었다.

나는 내가 만약 출마를 한다면 당선이 될 것인가를 생각하며 주민들의 동향과 여론을 다각적으로 청취했다. 다행히 젊은 시절 농촌운동에 앞장섰고 나보다는 남을 위해, 지역사회 발전을 위해 몸을 불사르며 봉사한 덕인지 주민들의 반응도 좋았고 지지도 따랐다. 주민들은 이구동성으로 우리 고장을 위해 젊음을 바쳐 열심히 봉사한 안병일 조합장을 군의원으로 내보내야 한다고 말했다.

나는 과연 내가 군의원의 적임자인가를 곰곰이 생각했고 출마하면 당선될 것인가 꼼꼼히 분석도 해 보았다.

나는 지역 원로들과 젊은 선후배들에게 내 뜻을 밝히고 출마를 선언했다. 나보다 선배인 김모 씨와 후배인 강모 씨도 함께 출마하여 경합을 벌였다. 두 분도 훌륭했지만 선거 결과 압도적 표차로 내가 당선되었다.

지금까지 수차례 선거에 출마해 당선된 경험이 있지만 군의원 선거에 당선된 것은 그 어느 때보다 기뻤던 것 같다.

선거를 잘 치르려면 무엇보다 자기 자신을 냉철히 분석하여 자신의 기반과 능력을 정확히 알아야 한다고 생각한다. 그저 나오면 당선될 거라는 듣기 좋게 충동하는 말에 솔깃해 출마하거나 혹 선거 브로커에 현혹되어서는 안 된다.

아무튼 현명한 면민들에 의해 나는 초대 군의원에 당선되었고 의회에 진출하게 되었다. 나는 욕심이 생겼다. 그동안 내가 배우고 익힌 경험을 십분 활용하여 음성군 발전을 위해 일하기 위해서는 의회를 대표하는 의장이 되고 싶었다. 기왕이면 다홍치마라고 당선된 의원들 역시 같은 생각이었다.

우리 의원 9명은 몇 차례 모여 의견을 조율해 보았지만 서로의 의견을 탐색하는 데 그쳤다. 그리고 선출시기가 임박하자 다시 모였다. 그 때 누군가가 제의했다.

"나이가 많은 원로 군의원 세 사람이 따로 모여 의견을 조율해 보는 게 어떻겠습니까?"

세 사람은 나를 포함해서 고호종, 유희종 의원이었다. 세 사람이 따로 모인 자리에서 유희종 의원이 말했다.

"저는 학벌이나 경력 면에서 월등한 안병일 의원을 추대하는 게 좋겠다고 생각합니다."

유희종 의원의 말에 나보다 나이가 많지만 고호정 의원도 점잖게 동의하고 그 결과 다수의 의원들이 나를 추대하여 초대 의장에 당선되었다.

언제나 그렇지만 자리는 곧 의무감을 동반하는 것이었다. 나는 의원에 이어 의장에 선출되면서 다시 한 번 군민들을 위해 최선을 다하리라 스스로에게 다짐하며 열심히 일하여 초대 의장으로서 의회의 기틀을 마련한 것을 큰 보람으로 생각한다.

'영일(榮一)장학회 설립 취지' 와 정관

저자의 부모님

1950년대 보릿고개 시절 부모님은 초근목피(草根木皮)로 연명하시면서 오직 자식교육을 위해 온갖 역경을 극복하시며 나를 대학까지 졸업시켜 주시고 앞길을 열어주신 고마운 부모님의 사랑과 교육애를 받들어 아버지 함자에서 영(榮)과 내 이름에서 일(一)을 합하여 '영일장학회' 를 설립하고 기금으로 1차로 3,000만원을 출연하였다. 2차로 설립자 안병일은 영일장학회의 무궁한 발전을 위해 2016년 10월 30일 일금 2,000만원을 추가로 출연하여 장학기금은 총 5,000만원이 되었다. 이에 이장인 이사장과 이사 공동명의로 하여 맹동농협에 정기예금으로 예치했다. 앞으로 설립자 후손은 장학회 발전에 힘써서 뜻 깊은 장학회로 발전시켜 나갈 것이며 인재양성에 기여할 것이다. 정관은 아래와 같다.

제1조(목적) 본 장학회는 고 안영호 옹의 봉암마을 사랑과 자식 교육에 일생을 헌신하신 유지를 받들어 옹의 자인 병일 공이 '영일장학회' 를 설립하여 장학사업을 실시함으로써 학생들의 면학 의욕과 고향에 대한 애착심을 고취하고 사회와 국가 발전에 기여할 수 있는 인재를 양성함을 목적으로 한다.

제2조(명칭) 본 장학회는 '영일(榮一)장학회' 라 한다.

제3조(사무소의 소재지) 본 장학회의 사무소는 음성군 맹동면 봉현2리 봉암마을 회관에 둔다.

제4조(사업) 제1조의 목적을 달성하기 위하여 다음의 목적사업을 한다.

1. 장학금 지급사업
2. 기타 이사회에서 장학사업과 관련하여 결정한 사업.

제5조(재산) 본 장학회의 재산은 다음과 같다.

1. 설립시 기본 재산으로 출연한 금 30,000,000원
2. 설립자의 추가 출연금 20,000,000원, 합계 50,000,000원

제6조(기금관리)

1. 장학기금은 이사회에서 관리하되 반드시 제1금융권 은행에 예치하여야 하며, 이자율이 높은 상품으로 예치하여 장학금 증식에 최선을 다하여야 한다.
2. 기금 지출시는 이사회의 의결을 거쳐 지출하여야 한다.
3. 기금은 이사 중 3명 이상의 공동명의로 예금한다.
4. 장학재산 기본금은 어떠한 경우도 인출할 수 없으며, 단 이자로

운용하기로 한다.

제7조(장학회 이사)

1. 본 장학회 이사는 당연직 5명으로 이장, 노인회장, 대동계장, 새마을지도자, 부녀회장으로서, 위직에 임용된 날부터 자동 승계된다.
2. 이사 중 이사장은 이장이 당연직이 되며, 감사 1인을 호선한다.
3. 본 장학회는 설립자의 가족 중 고문 1인을 위촉한다. 고문은 이사회 참석 발언권을 갖는다.

제8조(이사회의)

1. 장학금 지급에 관한 이사회의는 매년 1회 정기회의를 원칙으로 한다. 단 필요시 임시회의를 개최할 수 있다.
2. 정기회의시 장학금 운영에 관한 전반을 감사의 승인을 받아 이사장이 결산보고를 하여야 한다.

제9조(이사회의 임무) 이사의 임무는 다음과 같다.

1. 장학기금 관리 감독
2. 장학생의 심의 선발
3. 기타 장학회와 관련된 정관 개정 등에 관한 사항.

제10조(장학금 지급대상 및 범위) 장학금 지급대상은 친권자의 주소가 봉암마을인 대학생 중 다음 각 호 중 하나에 해당하는 자로 한다.

1. 학업성적이 우수하며 품행이 단정한 자.
2. 가정형편이 어려운 자.

3. 예 · 체능 등에서 우수한 성적을 올려 마을의 명예를 현저히 드높인 학생
4. 위 당사자가 없을 경우에는 이사회 의결을 거쳐 부락민 화합을 위한 세시풍습 윷놀이 등 부락민 화합을 위한 행사
5. 어떤 경우든 장학기금 원금은 사용할 수 없으며 이자만 가지고 운영한다.

제11조(지급인원 및 지급액의 결정) 장학금 지급액과 지급대상은 이사회의 의결로 결정한다.

제12조(선발 방법) 선발심사는 신청 및 추천에 의한 서류심사를 원칙으로 하며 학교별, 학업성적, 생활정도를 감안하여, 이사회의 의결을 거쳐 이를 결정한다.

제13조(장학금 지급) 장학금 지급 시기는 매년 대동계 날로 한다. 장학금 지급은 설립자와 후손 중, 고문이 지급을 하되 고문이 불참 시는 이사장이 지급한다.

제14조(장부 등 비치) 이사회는 세입세출 재산 내역부, 장학금 지급대장, 회의록 등 관계서류를 비치, 보존하며 임원 변동 시 인수인계를 하여야 한다. 단, 서류는 이사장이 보관한다.

부 칙

이 정관은 2006년 12월 23일 봉현2리 봉암마을 대동회의 승인을 얻은 날부터 시행한다.

충청북도 교육위원회 부의장에 선출되다

나는 도의원 출마를 위한 민자당 공천을 반납하고 선거자금으로 준비했던 돈을 모두 사회복지재단 꽃동네에 헌납한 후 조용히 농사를 짓고 살았다. 몸은 조금 고되지만 마음은 그 어느 때보다 평화스러웠다.

하루는 아내가 도교육위원 선거를 한다는 뉴스를 듣고 와서 나에게 교육위원에 한 번 출마해 보는 게 어떠냐고 말했다.

대개 교육위원은 교육계에서 오랜 기간 고위직으로 봉직한 사람들이 출마했다. 나는 교육공무원 자격증은 가지고 있었으나 교육계에는 종사한 적이 없었다. 물론 교육에 관심은 많았지만 선뜻 나설 수가 없었다. 어떻게 하는 게 좋은가 고민을 하는데 아내가 말했다.

"당신은 교사 자격증도 있고 군의회 의장도 하셨으니 걱정하지 말고 한 번 출마해 보세요."

도의원 선거도 힘들지만 교육위원 선거는 범위가 더 넓고 힘든 선거였다. 당시 선거제도는 출마 예상자가 각 시군 단위 기초의회에 입후보 등록을 하고 의회에서 2명을 선출, 복수 추천하였다. 추천된 두 사람은 도의회에서 정견 발표를 하였으며 그 발표를 듣고 도의원들이 투표를 하여 각 시군에서 복수로 올라온 두 사람 중 다득점자 한 사람을 당선인으로 뽑았다.

나의 상대자는 당시 교육계 현직에 있었으며 교총 음성군 책임자이기도 한 고모 씨였다. 그는 젊고 패기가 있었다. 각 시군 도의원을 만나 자기소개를 하고 지지 호소차 선거운동을 다니는데 어디를 가

충북 도교육위원회 교육위원들과 함께 해외시찰(바티칸궁전 1996. 6. 26)

나 상대 후보는 그 지역 유력 인사들이 승용차로 함께 다니며 선거를 도왔다.

나는 그야말로 혼자였다. 그러나 언제나 그랬듯이 몸을 도끼삼아 최선을 다해 뛰었다. 선거를 치르면서 사람들을 만나면 상당수 사람들이 고 후보가 될 것이라고 전망했다. 나는 다소 불안했지만 사필귀정(事必歸正)이라 생각하고 초지일관 끝까지 포기하지 않고 뛰었다.

내가 내세운 장점은 어려웠던 보릿고개 시절 대학을 졸업하고 교사자격증까지 가지고 있으면서도 교직에 나가지 않고, 어렵고 힘든 농촌에서 4H 지도자로 활동한 사실과 새마을운동을 하며 사회봉사를 많이 했다는 사실과 군의회 의장을 했다는 점이었다.

그런데 선거를 치르면서 반신반의하던 도의원들이었는데 막상 뚜껑을 열어 보니 뜻밖에 도의원들은 내 손을 들어주었다. 당시 총 투표자는 40명이었는데 내가 23표, 상대편이 15표, 무효 1표, 기권 1표로 내가 당선이 된 것이다. 교육계에 몸담고 있던 상대를 많은 표차로 누르고 내가 당선되었다는 사실이 믿어지지 않았다.

나는 내친 김에 의장까지 하고 싶은 생각이 들었으나 교육계 원로 선배가 계셔서 양보하고 부의장에 만족했다. 당시 의장은 김광수 씨였다. 그리고 나와 경합을 벌였던 고모 씨는 후일 다시 출마하여 교육위원이 되었으며 의장까지 역임하였다.

교육위원의 역할은 교육청 예산을 심의, 의결하고 감사권을 가지며 교육감에게 교육정책에 관해 질문을 하고 교육감을 선출하는 권한이 있었다. 또 조례를 만들고 잘못된 조례를 개정, 폐기하기도 했다. 이런 영향력 때문에 교육위원은 '교육계의 국회의원' 이라고 말할 정도로 막중한 권한이 부여되어 있었다.

교육위원을 하면서 모교 무극중학교에 다목적 강당을 지었던 일이 생각난다. 강당을 짓는 일은 예산이 많이 필요했기에 교육부에서 특별교부금을 배정하지 않는 한 힘든 일이었다. 그러나 나는 무극중학교에 강당 신축 필요성을 교육감과 동료 의원들에게 강력하게 설득하여 소요예산 8억원을 순수 교육청 예산으로 책정하여 다목적 강당을 신축하게 된 것이다.

준공식 날 윤부원 동창회장의 감사패를 받고 감개가 무량했다.

나는 우리나라 교육이 일제치하에서부터 오랜 세월 관료주의적이고 주입식에다 획일적인 교육을 실시하고 있다는 점이 개혁의 대상이라고 생각했다. 이것은 교육부가 정책적으로 다룰 일이었지만 가능한 한 우리 교육청에서 개선할 일은 고쳐 나가도록 노력을 경주했다. 인성교육을 강화하도록 노력했고 열린 교육 실시에도 앞장섰다. 또 교사들의 실력 향상을 위한 연수교육을 강화시키기 위한 예산 증액에도 힘썼고 학교 운영회를 활성화시키는 방안을 교육청 당국에 제시함으로써 선진 충북교육 실현에 열과 성을 다했다.

나는 교사자격증을 가지고 일선교육 현장에 나가지 않았지만 뒤늦게 기회가 와서 충북교육 선진화에 참여한 것을 큰 보람으로 여기고 있다. 당시 물심양면으로 도와주신 모든 분들에게 감사를 드린다.

맹동초등학교 총동문회 결성해 회장에 선임되다

1923년에 개교한 맹동초등학교는 90여 년이라는 긴 역사와 전통에 빛나는 학교이다. 그 동안 맹동초등학교는 총 7천 명에 육박하는 졸업생을 배출하였다. 그런데 불과 20년 전만 해도 총동문회가 없었다. 나는 장구한 역사와 전통이 있는 학교, 내가 졸업했고 내 자식들이 졸업한 맹동초등학교에 총동문회가 없다는 것을 늘 안타깝게 생각했다.

어느 날 당시 음성군청에 근무하는 정건조 후배와 의논하여 맹동초등학교 총동문회를 만들자는 데 뜻을 같이하고 우선 기별 회장들의 명단을 확보하여 모임을 갖기로 했다. 처음에는 신상파악조차 어렵기 그지없었다.

동문회 결성 준비위원회를 만들고 맹동, 서울, 청주에서 수차례 모임을 가진 뒤 1996년 8월 15일, 모교에서 역사적인 맹동초등학교 총동문회가 창립되었다.

동창회장에는 23회인 내가 선출되었다. 참으로 감개무량하고 보람 있는 일을 했다는 자부심에 가슴이 뿌듯했다. 창립총회 때 16회 졸업생인 안재영 박사님이 오셔서 격려해 주신 것이 기억에 남는다.

우리 임원들은 회합을 갖고 1997년 10월, 제1회 기별 체육대회를 열기로 하고 1회는 총동문회가 주관하기로 했다.

총동문회를 만드는 과정과 1회 체육대회를 개최하는 데 미리 준비된 자금이 있는 것도 아니고 순전히 하겠다는 의욕 하나로 추진해 나갔다. 힘들고 어려웠음은 말할 나위도 없다. 이런 힘든 과정을 거쳐 제1회 체육대회가 예정대로 개최되었다.

천막이 없어 무극중학교에서 빌려 왔고 김웅일 부회장이 수고를 했으며, 조현명 부회장을 비롯한 김정요 사무국장과 김낙생 부회장 등 임원들이 모든 준비를 솔선하여 텐트도 치고 본부석도 설치하는 등 음양으로 뛰었다.

마침내 준비를 끝내고 대망의 체육대회 날이 되었다. 뜻 있는 동문들과 지역 기관 사회 단체장들이 앞 다투어 스폰서를 하여 대형 냉장고, TV, 자전거, 선풍기 등 200여 점이 답지하였다. 특히 기억에 남는 것은 1회 때부터 수차례 대형 냉장고를 스폰서한 신창선 동문과 대회 때마다 선뜻 큰 스폰서를 담당한 강수원 체육회장이 기억에 남는다.

대회 날, 재경에서 200여 동문이 버스 3~4대를 대절하여 참석하였다. 대회를 치르는 데 물심양면으로 도와주신 재경 박주성, 최영하, 안재택, 민석기, 김풍래 씨 등 역대 회장들과 박상훈 총무의 노력이 컸음을 고맙게 여긴다. 또한 재청 동문회에서 원득재 회장과 정부현 동문의 물심양면의 협조에 감사했으며 고향 동문들의 열성적인 참여로 700여 명의 동문들이 참석하여 대성황을 이루었다. 오랜만에 만난 동문들은 정담을 나누며 즐거운 한때를 보냈다. 그냥 바라만 보아도 너무 좋았다.

이후 체육대회는 30회가 주관 2회 체육대회를 성대히 개최하였다. 체육대회는 회가 거듭할수록 전야제도 멋지게 치르고 날로 발전을 거듭했다.

나는 맹동초등학교 총동문회 회장으로 6년간 재임하면서 6차례의 기별 체육대회를 치르고 동문회 기틀도 마련하였다. 이제 그만 퇴임해도 좋겠다는 생각이 들어 후임자 최경수 씨에게 넘기면서 마지막으로 동문회 명단을 만들었다.

기별회장을 중심으로 회합을 거듭하여 졸업생 명부를 확보하고 주소와 생사, 신상파악을 한 후 명부 2500부를 발간, 배포하였다. 그리고 동문회가 제 궤도에 들어섰다고 느낄 즈음 명예롭게 퇴임을 하였다. 이 자리를 빌어 동문들의 건승을 빈다.

참고로 총동문회 명부 발간사와 임원 사진을 영인하여 수록한다.

임원명단
회장 안병일
선임부회장 김낙생
부회장 강성원
부회장 조현명
감사 강길원
감사 이정기
사무국장 김정요
재무총무 김진병
행정총무 전광희

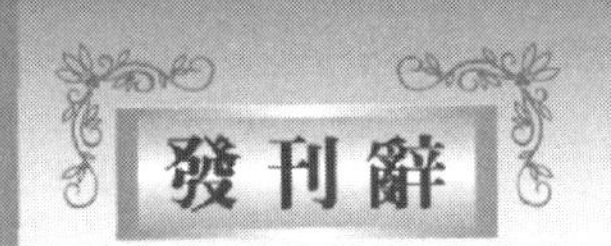

뜻깊은 총동문회 명부를 만들면서…

총동문회장
안 병 일

함박산 줄기아래 당앞뜰 넓은 벌판을 보금자리 삼아 자리잡은 맹동초등학교가 제1회 졸업생 19명을 시작으로 2002학년도 제78회 졸업생 42명을 포함, 총 6161명의 인재를 배출했습니다. 우리동문들은 사회 곳곳에서 빛과 소금의 역할을 하며 지역과 국가 사회발전에 크게 공헌하신 분들이 참으로 많습니다. 이러한 역사와 전통에 빛나는 우리 모교가 총동문회를 결성하지 못함을 안타깝게 여기든 차에 뜻있는 동문들이 힘을 합해 총동문회를 결성하고 부족한 제가 회장을 맡아 6회에 걸쳐 기별체육대회를 성공적으로 개최하므로서 동문들의 우정을 다지고 모교와 고향 사랑에 계기가 마련되었다고 생각됩니다.
이제 동문회도 기틀이 다져지고 그동안 지역동문 및 경향 각지에서 모교를 그리워 하시는 여러 동문들의 오랜 숙원인 맹동 초등학교 총동문 명부를 발간하게 되어 그 기쁨을 무어라 표현할 수 없습니다.
참으로 감개가 무량합니다.
이 명부를 통해 맹동을 사랑하는 동문들의 손길과 발길이 모교와 고향을 향해 더더욱 잦아지고 우정도 더욱 깊어지며 동문들이 하나로 결속하는 계기가 되었으면 하는 바램을 가져봅니다.
이 명부 발간을 위해 헌신적인 노력을 해주신 총동문회 및 재경동문회 관계자와 모교 신경수 교장님 그리고 인쇄제작까지 세심한 배려를 해주신 소문인쇄사 김용길 사장님께도 깊은 감사를 드립니다.
동문여러분! 내내 건승하시고 가내 평안을 기원합니다.

2003. 3.

- 바르고 슬기로우며 튼튼한 어린이 맹동초등학교 -

청주대학교 상경대학 동문회장에 선출되다

나는 1959년 청주대학교 상과 9회로 졸업을 했다. 한강 이남에서 사립대학으로 제일 먼저 설립된 청주대학교 상대는 사실 명문대학이었다. 처음에는 상과대학뿐이었으나 해를 거듭하면서 종합대학으로 발전했다. 앞에서도 언급했지만 농촌에서 보릿고개 시절 대학을 다녔다는 것은 참으로 힘든 일이었다. 다행히 부모님의 각별하신 은혜로 대학을 졸업하였고 그것을 밑거름으로 오늘의 내가 있다는 생각은 지금도 변함이 없다.

청주대학교는 현재 9만여 명의 졸업생을 배출한 명문 사학으로 발전을 거듭하고 있다. 나는 조성훈 총동문회장님 재임기간 중 수석부회장을 맡기도 했고, 상경대학 동문회장을 맡아 동문회 발전에 미력이나마 힘을 보탰다. 당시 청주대 상과대학 출신들은 사회 각 분야에

중견 인물로서 국가, 사회에 공헌을 하고 있는 분이 많았다.

나는 청주대학에 누구보다 감사하다는 생각을 가지고 있다. 내가 사회생활을 하면서 또 정치생활을 하면서 트레이드마크처럼 내세운 것이 바로 청주대학 졸업생이라는 간판이었고 그것이 크게 주효했다고 여겨진다. 그래서 나는 지금도 거금은 아니지만 적지 않은 학교 발전기금을 내고 있다.

우연의 일치인지 나는 맹동초등학교 총동문회 회장을 하면서 동문회 명부를 발간했고 또 최종학교인 청주대학교 상경대학 동문회

장을 하면서 역시 동문회 명부를 발간, 배포했다.

후일 나는 자식들에게 자랑스럽게 말한 기억이 있다.

“아버지는 초등학교 대학교 동문회장을 같은 시기에 하고 명부도 같은 시기에 발간했으니 우연의 일치이기는 하지만 아무튼 행운이라고 생각한다. 한편 일할 수 있는 기회가 주어져서 참으로 감사하다.”

사실이었다. 솔직히 내 힘으로 무언가를 이루고 멀찌감치 서서 잘 되기를 지켜보는 그 푸근한 마음을 어떻게 설명해야 할까?

동문회 발간사와 임원 명단을 참고로 영인하여 게재한다.

상·경영학과 현임원단

회장 안 병 일 (상학 • 59)
부회장 심 만 보 (상학 • 63)
부회장 박 원 규 (상학 • 75)
부회장 김 현 배 (경영 • 79)
부회장 박 창 수 (경영 • 87)
감사 이 종 환 (상학 • 67)
감사 박 병 학 (상학 • 93)
상임이사 이 만 수 (상학 • 66)

發 刊 辭

상·경영학과 동 창 회 장 안 병 일

56년 전 우리나라 4년제 정규대학으로는 처음으로 문을 연 청주상과대학 상학과와 그 맥을 이은 경영학과의 역사는 곧 우리 대학교의 역사이자 우리나라 대학의 역사입니다. 그리고 지금까지 이 문을 나선 육천여 동문이 각계각층에서 역량을 발휘하며 모교의 명예를 빛내고 있습니다.

1992년 전 처음으로 '商經人名簿'를 발간하여 동문간 우의를 다지고 상호협력하는 기반을 만든 이래 10년만에 다시 명부를 펴내게 되었습니다. 그 10년간은 IMF, 남북정상회담, 월드컵 4강 등 격변과 부침의 시기였습니다. 대학환경도 신자유주의에 기초한 정책으로 대학간 경쟁체제가 도입되고 대학진학자의 절대적 감소로 지원자가 대학정원에 못 미치는 등 여건이 열악해져 지방대학의 위기가 사회적 관심사로 떠오르고 있습니다. 그런 가운데에도 우리 모교는 학내갈등을 겪으면서도 학생회관 종합운동장 확장 조성, 새천년정보관 건립, 대규모기숙사 착공 등 외형적인 성장과 함께 학부제 도입등 내적인 발전을 거듭해왔습니다.

앞으로 우리나라 대학, 그 가운데도 지방 사립대학은 점점 더많은 어려움에 직면하게 될 것입니다. 모교도 예외일 수 없습니다. 이번 명부발간을 계기로 우리 동문들이 더욱 결속하고 역량을 발휘하여 사회적 지위를 확고히 할 때 우리 뿐 아니라 경영학과의 발전은 물론 모교의 명예를 빛내고 모교 발전에 큰 힘이 되어줄 수 있을 것입니다.

이번에 발간되는 '商經人名簿'는 지난번에는 파악되지 않았던 동문과 그 이후 졸업생을 포함시켰습니다. 나름대로 많은 노력을 기울였지만 혹시 오류나 누락된 분이 있으면 널리 이해해주시고 다음 발간 때 시정, 보완되도록 연락을 부탁드립니다.

끝으로 이 명부발간을 위해 헌신적인 노력을 하신 편찬위원 여러분과 후원해주신 동문, 그리고 기획에서 인쇄, 제작까지 세심한 배려를 해주신 금성기획 최종환사장님께 깊은 감사를 드립니다. 그리고 동문 여러분이 항상 건승하시고 무궁한 발전과 영광있으시기 축원합니다. 감사합니다.

2003년 2월

맹동라이온스클럽 설립해 초대회장에 선출되다

지역사회에서 영향력 있는 사람들이 모여 사회봉사를 주목적으로 하는 맹동라이온스클럽을 창립했던 일이 떠오른다.

당시 내 나이 70이 다 되었어도 원체 일하기 좋아하는 천성 때문인지 국제봉사단체인 라이온스 클럽을 우리 고장에 만들고 싶었다.

나는 평소 의기투합해 뜻이 잘 맞는 박종학 이장협의회장과 만나 우리 맹동에도 봉사단체인 라이온스클럽을 만들자는 데 뜻을 같이 하고 라호관, 신우철, 오승억, 조현호, 신창선, 김진병 씨 등을 만나 함께 동참할 것을 권유하였다.

김수만 씨의 만석가든에서 회합을 갖고 발기준비위원회를 구성하여 나와 박종학 협의회장이 공동대표로 선임되었다.

이후 발기추진위원들이 각기 회원을 몇 명씩 영입하기로 하여 총

맹동라이온스 클럽 창립총회에서 초대회장에 선출된 뒤 취임 인사

32명의 회원들을 확보하고 금왕라이온스 김형관 회장의 스폰서를 받아 창립총회를 열었다.

초대회장에는 내가 선출되었으며 총무는 조현호 씨, 재무는 김진병 씨가 각각 맡았다. 마침내 2002년 12월 23일 맹동라이온스가 출범하였다. 총회에는 충북라이온스 355-F지구 권혁풍 총재님과 역대 총재님들, 음성군 관내 회장님들, 임홍빈 음성교육장님을 비롯해 군단위 기관장님들, 최춘영 맹동면장님을 비롯한 각 기관 사회단체장님, 이장님 등 200여 명의 하객과 32명의 창립회원과 레스분들이 '우리는 봉사한다' 고 하는 윤리강령에 따라 행동할 것을 다짐했다.

우리는 라이온스 윤리강령에 따라 말하고 행동함에 한 점 부끄럼

없는 국제신사가 되겠다고 스스로 다짐하였다. 맹동라이온스는 타 라이온스에 앞서가는 모범을 보이기 위해 매월 회비 3만원을 자동이체로 재무 계좌에 입금되게 함으로써 매월 회비 수납에 신경 쓰이지 않게 했으며 회장단 회합이나 이사회 모임시는 회장인 내가 회비 전액을 부담했고, 3인 1조가 되어 유사제를 실시하여 1인이 10만원씩 30만원을 만들어 총회 회식대 및 공동경비에 충당하기로 했다.

그 결과 회비가 고스란히 모여 창립 1년 만에 1천만 원의 기금이 마련되었다. 이 기금으로 불우이웃돕기도 하고 홍수, 화재 등 재난에 지원하였다. 처음 우리에게 스폰서 한 금왕라이온스에서 오히려 맹동라이온스에게 배워야겠다는 소리가 높았다.

라이온스 355-F 지구 권혁풍 총재로부터 축하 화환을 받으며

맹동라이온스는 내가 1년 6개월 재임을 하고, 제1부회장이었던 박종학 회장이 취임하였으며, 그 후 신우철 회장이 취임하였다. 맹동라이온스는 해를 거듭할수록 회원들의 단합과 봉사정신이 투철해 많은 봉사활동을 하여 충북 355-F지구로부터 봉사대상을 수상하는 영광을 안기도 했다. 나는 맹동라이온스 창립회장을 역임했다는 것을 그 어떤 사회단체장을 한 것보다 큰 보람으로 생각하고 있다.

끝으로 우리 맹동라이온스 회원들에게 항상 건강과 행복이 따르기를 바라고 아울러 무궁한 발전을 기원하며 라이온스 윤리강령을 한 번 적어본다.

- 라이온스 윤리강령 -

1. 자기 직업에 긍지를 가지고 근면 성실하여 힘써 사회에 봉사한다.
2. 부정한 이득을 배제하고 정당한 방법으로 성공을 기도한다.
3. 남을 해하지 아니 하고 자기 직업에 충실히 임한다.
4. 남을 의심하기 전에 먼저 자기를 반성한다.
5. 우의를 돈독하게 하며 이를 이용하지 아니 한다.
6. 선량한 시민으로서 자기 의무를 다하며 국가 민족 사회의 향상을 위하여 노력한다.
7. 불행한 사람을 동정하고 약한 사람을 도와준다.
8. 남을 비판하는 데 조심하고 칭찬하는 데 인색하지 아니하며, 모든 문제를 건설적인 방향으로 추진한다.

제6장 의정 보고서

경찰서부지 1300평을 매입해 군청부지 넓혀
맹동 국민임대산업단지를 유치하다
음성 · 진천 혁신도시를 유치하다
음성군의회 초대의장 개원 인사
제4대 후반기 의장 당선인사
2006년도 신년사
의장직을 떠나며

경찰서부지 1,300평을 매입해 군청부지 넓혀

1992년도 여름으로 기억된다. 하루는 음성군 경찰서장실에서 경찰지방청장이 오니까 참석해 달라는 연락이 왔다. 보통 군 단위 기관장들이 도지사, 교육감, 지방 경찰청장이 지방에 오면 으레 각 기관장을 초대하였기에 응하는 것이 관례였다.

경찰서장실에서 청장에게 업무보고를 하는데 보고 내용 중에 다가오는 8월에 현 음성경찰서를 헐고 최신 건물을 짓는다는 내용이 있었다. 그 소리를 듣는 순간 번개같이 떠오르는 생각이 있었다. 당시 음성경찰서는 음성군청 바로 옆에 있었는데 부지가 좁았다. 그리고 음성군청은 지은 지 얼마 되지 않았으나 부지를 넓게 확보하지 못해 주차시설이 턱없이 부족했다.

나와 뜻을 같이 하는 의원들은 군청을 신축할 때 넓은 부지를 확보

할 수 있는 외곽으로 옮겨 짓고 그 지역의 발전도 기대해 보는 게 장래를 위하여 좋을 것이라고 생각했다. 물론 외곽으로 장소를 옮기게 되면 현 위치의 주민들은 다소 불편을 겪겠지만 앞날을 생각해서 넓은 곳으로 옮겨야 했다.

그런데 당시 내무과장이었던 경모 씨가 현 위치에 신축을 고집해서 일부 의원이 동조하고 군수가 승인하여 현 위치에 신축하게 되었다. 그 때 음성에는 군수가 둘이라는 말이 나돌기도 했다.

나는 번개같이 떠오르는 생각을 그 자리에서 쏟아내고 말았다.

"청장님, 지금 말씀을 들으니까 현 위치에 경찰서 건물을 신축한다고 들었습니다. 신축 건물을 세우려면 100년 대계를 생각하고 세워야 한다고 봅니다. 지금처럼 1300평 밖에 되지 않는 좁은 부지에는 건물을 새로 짓는다 해도 몇 년 후면 좁아서 건물을 또 옮겨야 할지 모릅니다. 제 생각에는 경찰서부지는 음성군에서 사들여 음성군청을 넓히고, 경찰서는 교통이 편리한 곳에 부지를 마련해서 지금보다 훨씬 넓게 사용하면 어떻겠습니까?"

그렇게 되면 음성군도 군청부지를 넓게 쓸 수 있고 경찰서는 어차피 새로 지어야 하는데 현재보다 몇 배 이상의 넓은 땅에 지으면 경찰서와 음성군 모두 좋을 것 같았다.

청장은 신중히 생각하고 아무 말도 하지 않았다.

그날은 특별한 사항 없이 일과를 마치고 모두 집으로 돌아갔다.

다음날 새벽 6시, 전화벨이 요란하게 울렸다. 받아 보니 음성군수

전석조 씨였다.

"이른 시각에 무슨 일이십니까?"

"큰일 났습니다. 어제 의장님께서 경찰서부지를 군청에서 사줄 테니 이사를 가라고 하셨는데 경찰청장한테 전화가 왔습니다. 경찰서부지를 군청에서 사고 그 돈으로 넓은 땅을 사달라고 하는데 지금 당장 무슨 돈으로 경찰서부지를 삽니까?"

심히 걱정되는 목소리였다.

"아무튼 만나서 이야기합시다."

나는 군수를 만나러 가면서도 별로 걱정이 되지 않았다. 우리 두 사람은 조금 뒤 해장국집에서 만났다.

"군수님, 군에는 군유지가 많지 않습니까? 개인에게 임대해 준 군유지를 감정가로 불하해서 그 돈으로 경찰서부지를 사면 될 것 아닙니까? 그러면 농민들은 싼 값에 땅을 사서 내 땅에 농사를 지으니 좋고 음성군은 1,300평이라는 부지를 넓힐 수 있으니 일석이조 아닙니까?"

군수는 그제야 안심이 되는 표정이었다.

"그럼 이따 의회에서 만나 자세한 사항을 의논해 봅시다."

우리는 해장국을 한 그릇씩 먹고 헤어졌다.

집으로 돌아오는데 기분이 묘했다. 사실 어떤 부지를 매매하는 것은 순전히 군수 권한이었다. 그런데 군수가 미처 생각하지 못한 것을 내가 아이디어로 생각해냈으니 어떻게 보면 월권이었다.

내가 경찰서부지를 사겠다고 말했으니 군수는 경찰청장의 전화를 받아 난처했고 해결 방책에 골머리를 썩고 있었던 것이다.

막상 일이 이쯤에 이르자 이번에는 의원들이 들고 일어났다.

"군수가 땅을 사기로 결정을 하고 의안이 올라오면 우리가 사고 안 사고를 의결할 일인데 의장이 혼자 사겠다고 대답을 했으니 이는 월권행위 아닙니까?"

일부 의원들은 이 같은 이유를 들며 반대의사를 표시했다. 옳은 일은 분명하지만 반대를 하기 위한 반대를 하는 것이었다. 시간은 없는데 의원들끼리 조율이 되지 않자 이모 의원이 갑자기 일어나 서류뭉치를 집어 던지면서 소리를 질렀다.

"언제는 부지가 좁다고 말하더니 이제 부지를 넓힐 기회가 찾아왔는데 어떻게 하루아침에 생각이 바뀔 수 있습니까?"

언쟁이 높아지자 의견은 더욱 조율이 되지 않았다. 나는 고민 끝에 경찰서장에게 전화를 걸었다. 당시 서장은 김준명 씨였다.

"경찰서부지를 사기로 의안이 올라왔는데 반대하는 의원들 때문에 조율이 되지 않으니 이 문제를 좀 풀어주십시오. 제 생각에는 그냥 오셔서 앉아계시기만 하면 될 것 같습니다."

내 전화를 받고 곧 경찰서장이 부속실에 와서 앉아 있었다. 과연 효과가 있었다. 언성을 높이고 싸우던 두 의원이 나가서 서장과 차를 한 잔 마시고 오더니 분위기가 바뀌고 땅을 사기로 결정을 본 것이다.

결국 1,300평 되는 경찰서부지를 매입하고 경찰서부지는 조금 외곽이지만 사통오달하는 교통이 좋은 땅으로 3,000여 평을 마련해 주었다. 그렇게 해서 음성군청은 1,300평이나 땅을 더 넓히게 되어 주차장으로 활용하고 있다. 이 일을 추진하는 과정에서 경찰서 권혁풍 정보계장이 수고를 많이 하였음을 밝혀둔다.

이 일이 마무리되자 역시 능력 있는 의장이라 다르다는 둥, 획기적인 생각이었다는 둥 후문이 들려 왔다. 일이 성사되는 사이 잡음과 엄청난 노력이 들었지만 결과는 아주 좋게 마무리된 사업이었다.

나는 지금도 가끔 넓힌 부지에 차를 세워놓고 그 자리를 둘러보는데 그 때마다 감개가 무량하다.

맹동 국민임대산업단지를 유치하다

우리 맹동면은 인구가 적고 면적도 작아 음성군에서 가장 작은 면으로 지역의 세력이 열악하기 짝이 없다.

따라서 그 어느 때보다 맹동면민 모두는 지역발전의 필요성을 절감하고 있었다.

나는 초대 군의장이 되면서부터 맹동의 발전방향을 모색하던 중 산업단지를 유치하는 것이 우리 지역 발전에 크게 도움이 될 것이라고 생각하고 군수와 의원들을 설득하고 협조를 얻어 산업단지를 유치하는 데 합의하고 1995년도에는 우리 맹동에도 쌍정리 일원에 126,000평 규모의 맹동산업단지가 지정되어 지역발전을 염원하는 지역민들의 기대를 한껏 부풀게 했다.

그런데 토지 보상까지 마치고 막상 본격개발에 들어갔는데 CTI반도체가 전체 입주계약을 체결한 상태에서 1997년 말 IMF가 발생되고 입주 예정업체인 (주)CTI반도체의 부도로 단지입주협약이 해지되어 버렸다.

하루아침에 맹동산업단지 조성은 먹구름이 드리우기 시작했다. 산업단지 조성으로 맹동 발전을 기대하던 면민들에게는 엄청난 실망이 아닐 수 없었다.

2002년, 4대 의원에 당선되어 의장이 되고 보니 지역발전을 위해 가장 먼저 해결할 일이 바로 이 산업단지의 정상화 문제였다. 나는 나를 의원으로 선택해 준 면민들에게 보답하기 위해 의원직을 걸고 이 문제를 해결하기로 마음먹고 당시 김종록 군수권한 대행, 강준원 주무계장과 머리를 맞대고 고민에 고민을 거듭하며 해결방안을 모색했다.

건설교통부에 알아본 결과 마침 국민임대산업단지 지정제도가 있어 이 제도를 잘만 활용한다면 전화위복의 기회를 맞이할 수 있다는 말을 들었다.

나는 즉각 군수권한 대행과 긴밀히 협의하여 건설교통부에 국민임대산업단지 지정 신청을 하도록 하고 군과 함께 중앙에 눈물겨운 지정노력을 기울였다.

지성이면 감천이라 했던가? 2003년 4월 29일 우리가 그렇게도 고대하고 염원하던 맹동산업단지가 국민임대산업단지로 지정되어 총 사업비 984억 원의 75%인 739억 원을 국비로 지원받는 쾌거를 올렸다. 이는 전국에서 최초로 지정되는 유일무이한 시범사업으로서 우리 음성군이 그 특혜를 처음 누린 행운아가 된 것이다.

2004년 단지조성 공사가 착공되면서 동서고속도로에서의 접근성이 문제가 되자 다시 건설교통부에 산업단지 지원도로 사업비를 신청하여 연장 3.4킬로미터 왕복 4차선 확포장사업비 350억 원을 전액 국비로 지원받음으로써 접근성이 양호한 산업단지로 자리 매김하게 되었으며, 특히 접근성과 임대라는 양호한 입지 덕분에 36개 입주업체를 수월하게 확정짓는 쾌거를 올렸다.

나는 이 맹동산업단지를 유치한 공로를 인정받아 맹동면 이장협의회 박종학 회장이 수여하는 면민 감사패를 받기도 했다.

맹동 국민임대산업단지를 유치한 공로로 면민 감사패를 받으며

그동안 수없이 많은 상을 받았지만 우리 맹동면을 위해 받은 이 상은 더 값진 것이어서 감회가 새로웠다. 젊어서 농촌 운동에 뛰어들 때부터 그랬지만 나는 평생을 우리 지역 발전을 위해서라면 물불을 가리지 않고 뛰어왔다.

이 사업은 한동안 IMF로 인해 중단되어 10여 년 동안 방치되었던 사업이었으나 강준원 주무계장과 내가 함께 관계기관을 독려, 독촉하여 재개된 사업이라 더 뜻 있고 보람된 사업으로 기억에 남는다.

또 한 가지 이 맹동 국민임대산업단지와 연계하여 주택공사에 이장협의회장 박종학 님과 이장 몇 분을 대동, 오찬을 베풀며 유치활동을 전제로 수차례 협의한 끝에 소재지인 쌍정리에 주공 임대아파트 268세대를 건립하기로 확정짓는 쾌거도 올렸다. 이제 산업단지 조성으로 발생되는 시너지효과를 모두 우리 맹동지역에서 수용할 수 있게 되었다.

하루는 임의수 부면장 사모님이 찾아와 왜 아파트를 끌어와 집을 내놓고 나가라 하느냐며 항의조의 말을 하였다. 나는 집값은 충분히 보상해 줄 것이며 그 돈을 가지고 땅을 사서 새집을 짓고 살면 되고, 땅값과 집값은 충분히 보상해 줄 것이니 걱정 말라고 설득을 하기도 했다.

이제 부지 조성공사가 끝나고 공장입주와 함께 주공 임대아파트가 입주, 완료됨으로써 2010년도부터는 우리 맹동면도 인구 1만여 명이 넘는 중부권의 핵심지역이 되었다.

이러한 미래 희망을 예측하면서 평생 고향 맹동을 위해 일해 왔고 맹동에서 남은 여생을 지역 주민들과 함께 보낼 것을 생각하면 맹동인으로서의 자긍심과 뿌듯한 보람을 느낀다.

그동안 맹동 국민임대사업단지 조성과 주공 임대아파트 입주에 수고를 해 주신 관계자 여러분께 맹동면민을 대신하여 감사를 드린다.

음성·진천 혁신도시를 유치하다

음성·진천 혁신도시를 유치한 것은 내가 군의회 의장직을 수행하면서 낙후된 내 고향 맹동면, 나아가서 우리 음성군의 발전을 위해 열정적으로 관여하여 성공시킨 국책사업 중 하나이다.

혁신도시는 정부가 수도권에 소재한 공공기관을 지방으로 이전하여 수도권 과밀을 막고 지방간 불균형을 해소하며 지방의 역동적 발전을 촉진하고자 추진하는 국책사업으로 공공기관, 산업, 대학, 연구기관, 지방자치단체가 서로 긴밀히 협력할 수 있는 최적의 혁신여건과 수준 높은 주거, 교육, 문화 등 최상의 정주환경을 갖춘 새로운 차원의 미래형 도시를 말한다.

이러한 정부 방침에 따라 도내 12개 시군에서는 혁신도시를 자기지역으로 유치하기 위해 기자회견, 궐기대회 등 가능한 방법을 총동원하여 혁신도시 유치활동에 나섰다.

우리 음성군도 예외는 아니어서 행정기관은 물론 민간인을 중심으로 혁신도시 유치위원회가 구성되는 등 유치 분위기가 고조되고 있었다.

당시 의장으로 있던 나는 내 고향 음성 발전을 위해 우리 의회도 적극 나서 기필코 혁신도시를 우리 음성군에 유치해야겠다는 각오를 다지면서 유치활동에 뛰어들었다.

2005년 8월 12일 박수광 군수로부터 혁신도시문제로 긴밀히 상의할 일이 있으니 저녁에 조용히 만나자는 전갈이 왔다.

음성읍 용산리 봉학골 가든에서 박수광 군수, 나, 경명현 유치위원장, 안용섭 행정과장 등 관계자들이 참석한 가운데 긴급 회동을 가졌다.

혁신도시 후보지 대상에 오른 곳은 소이 후미지구, 생극 오생지구, 금왕 유포지구, 맹동 두성지구 등이었다. 나는 후보지 대상에서 맹동 두성지구가 행정도시 후보지로 올랐던 곳이고 교통의 편리함으로 보아 이 지역이 적지라고 말했다. 박수광 군수를 비롯한 참석자들은 맹동 두성지구가 개발여건과 접근성이 뛰어난 지역이므로 진천과 공동으로 추진하자는 데 의견을 같이 하고 군수, 의장, 유치위원장이 적극 나설 것을 결의했다.

그날부터 나는 군의원을 개별적으로 만나 집중설득하고 집행부에서 의원간담회시 안용섭 행정과장이 자세한 설명을 하도록 했다. 의원들은 왜 하필이면 음성에서 가장 변두리인 맹동이냐며 강력히 반발했다.

“이 사업은 우리 음성군에서 결정하는 게 아닌 혁신도시 후보지로 도청에 신청하면 도청에서 심사위원과 입주기관 대표자들이 현지에 와서 적합여부를 결정짓는 사업인데 음성군에서 가장 작은 맹동 운운은 사리에 맞지 않는 말입니다. 현지가 비산비야라 정지작업에 예산도 덜 들고 사업추진도 수월한 이점이 있고 중부고속도로 진천인터체인지가 6~7분 단거리라 이점이 많으니 꿩 잡는 게 매라고 될 곳에 신청합시다.”

이와 같은 의장의 논리정연한 말을 듣고 ‘그럼 맹동 두성지구로 선정하여 신청합시다’ 라는 결론을 이끌어냈다. 나는 감개무량했다. 맹동을 발전시키고자 맹동산업단지도 유치, 완공했고 충북혁신도시까지 유치하면 내가 맹동 발전을 시키고자 염원했던 일들이 성사되는 것이다. 그리고 제발 도 심사에서 적지로 선정되기를 간절히 염원하고 바랐다.

도 심사결과는 10개 시 · 군 중 유일하게 맹동 두성지구로 확정되었다. 나는 마치 내 사업인 양 너무 기쁘고 감격스러웠다. 당시 혁신도시 반대추진위원장 임윤빈 씨를 비롯한 20여 명이 그해 정월 초 항의 데모차 우리 집을 찾아와 나를 만나고자 했다.

마침 우리 집사람이 의장님이 출타하고 안 계시다고 말하니 내가 숨어있는 줄 알고 방문을 열어보라며 소란을 피우는 바람에 아내가 무척이나 놀랐다고 했다.

그러나 아내는 기왕 오셨으니 약주나 자시고 가라며 명절에 장만한 술과 안주로 대접해 보냈다고 했다.

또 이런 일도 있었다. 혁신도시 유치작업이 추진되는데 반대 추진위원들이 투쟁집단 데모를 하는 자리에 가서 내가 술값에 보태라고 금일봉을 임윤빈 위원장에게 건네주고 돌아서는 순간 임모 씨 부인이 뭘 잘했다고 여기에 왔느냐며 맥주병을 내 면전 길바닥에 냅다 던져 박살이 나고 내 발에 유리조각이 튀고 소란을 피웠는데 그래도 맥주병 유리조각이 얼굴에 안 맞은 것이 천만다행이라고 생각하고 뒤돌아섰다.

그 이후로도 군의장실로 서너 명이 몰려와 폭언, 항의하고 온갖 욕설을 퍼붓는 등 공무 중 참기 어려운 수모를 당하고도 나는 참고 또 참았다. 세월이 약이라고 나중에는 내게 수고 많이 했다는 소리가 나올 날이 있을 것이라 믿었기 때문이다.

혁신도시가 추진되며 현지 주민들이 갈 곳이 없자 위원장인 임윤빈 씨는 군수와 의장인 나에게 자신들이 살 곳을 마련해 달라고 하며 이미 부지를 선정해 놓았으니 군에서 예산을 지원하여 정지작업과 입주여건을 갖추어 달라고 했다.

나는 박 군수와 상의하여 필요한 예산을 책정, 군에서 올라오는 대로 승인해 주었다. 아무튼 위원장 임윤빈 씨의 현명한 판단과 리더십, 그리고 주민들의 결사 반대투쟁이 여러모로 효과를 거두었다고 나는 생각한다. 결국 잘하고 잘못한 것은 훗날 역사가 판단해 줄 것이라 믿고 내가 겪은 수모는 지역 발전을 위한 나의 확고한 신념의 결과라 감수하였다.

음성과 진천 양군의 군수, 의장이 혁신도시 유치 신청을 하기 위해 헬기로 공중 답사한 결과 과연 맹동·덕산지구는 개발여건과 접근성이 혁신도시 적지였다.

그리하여 9월 2일 양군은 공동으로 혁신도시 신청을 했고, 우리는 이전해 올 한국가스안전공사를 비롯한 12개 공공기관을 박수광 군수와 함께 수없이 방문하여 입지의 타당성과 장점을 설명하며 협조를 요청했다.

지성이면 감천이라 했던가? 우리 음성군과 진천군의 열정에 감동했는지 공공기관에서는 냉랭했던 처음 분위기와는 달리 시간이 지나면서 점차 우호적인 분위기로 바뀌었고 드디어 이전 공공기관마다 맹동·덕산지구가 공공기관 이전의 적지라는 의견이 지배적으로 나타났다.

2005년 12월 23일 밤 11시! 충북의 혁신도시를 음성 맹동·진천 덕산지구로 결정한다는 최종 평가결과가 발표되었다. 만약 금왕이나 생극에서 신청하였다면, 안병일을 군의원으로 안 뽑아주었다면, 군의장이 아니었으면 가능했을까? 그 결과가 어떻게 나왔을지 지금도 궁금하다.

내 고향 맹동면, 나아가 우리 음성군의 100년 미래가 바뀌는 위대하고 감동적인 순간 이었다. 그동안 밤잠을 설치며 공공기관을 일일이 방문하여 임직원을 설득하던 일, 심사위원들을 상대로 우리 지역의 장점을 홍보하던 일, 의원들의 다양한 의견을 하나로 통합하던 일, 우리 군민들의 유치 의지를 대외로 표출하던 일, 무엇 하나 쉬운 게 없었지만 하면 된다는 신념을 가지고 열정적으로 추진해 온 유치활동들이 주마등처럼 뇌리를 스쳐갔다.

혁신도시를 유치한 후 군민들로부터 환영을 받고

혁신도시는 예정대로 준공되어 한국가스공사를 비롯하여 이전기관이 착착 입주하고 아파트도 속속 건설되어 맹동지구에만 인구가 1만 명이 넘게 되었으며 이후 맹동이 날로 발전하여 현재는 인구가 15,000여 명에 달하고 있다.

이 혁신도시 유치사업은 이 시대를 살아가는 우리가 후손들을 위해 꼭 이루어야 할 책무이자 소명이었다. 결국 그 일을 해내기 위해 나는 군의회 의장직을 걸고 불철주야 열심히 뛰었고 하면 된다는 신념 속에 기어코 그 일을 해내고야 말았다.

한편 이 일을 성사시키기 위해 안용섭 주무과장의 아이템과 열정적인 노력을 경주하신 박수광 군수님과 관계자 여러분께 감사의 말을 전하고 싶다. 그렇게 어려웠던 혁신도시 유치에 뿌듯한 보람을 느끼면서 이는 내 평생에 영원히 잊지 못할 금자탑으로 남게 될 것이다.

음성군의회 초대의장 개원 인사
(1991년 4월 15일)

개회사에 앞서 대통령께서 의회 개원에 즈음하여 메시지를 보내주셨습니다. 이를 의원 여러분께 소개해 드리고자 합니다.

| 메시지 낭독 |

시군구의회 개원에 즈음하여 오늘 시군구의회의 역사적인 개원을 축하합니다.

30년 만에 다시 지방자치의 시대를 열게 된 것은 온 국민의 기쁨이며 보람입니다. 우리나라 선거사상 가장 깨끗하고 공명한 선거에 의해 의원 여러분이 선출된 것은 여러분의 긍지일 뿐 아니라 지방자치의 밝은 앞날을 기약하는 것입니다.

우리나라는 이제 시군구부터 주민이 선출한 의회를 구성함으로써 진정한 민주주의를 실현할 확고한 바탕을 마련했습니다. 저는 시군구의회가 주민의 홍망에 부응하는 활동을 펼쳐 나감으로써 민주주의를 굳건히 뿌리내려 주기를 기대합니다. 우리 국민은 새로 출범하는 시군구의회가 지역의 발전과 주민의 복지를 실현하는 진정한 대의기구가 되어줄 것을 바라고 있습니다.

의원 여러분의 헌신적인 노력으로 주민으로부터 신뢰받는 자치행정을 구현하고 지역공동의 화합을 다져 민주발전의 새로운 장을 열어주기 바랍니다.

지방자치는 주민의 참여 속에서 아름다운 꽃을 피울 수 있습니다.

국민 여러분께서도 우리 고장의 의회와 그 일꾼들이 많은 일을 성실히 할 수 있도록 성원해 주시기 바랍니다.

의원 여러분과 시군구의회의 훌륭한 활동으로 오늘이 진정한 지방자치의 시대를 연 날로 기록될 것으로 확신하면서 의원 여러분의 건승을 기원합니다.

1991년 4월 15일

대통령 **노 태 우**

| 개원사 |

8만 군민 여러분!

평소 존경하는 박홍규 군수님을 비롯한 귀빈 여러분! 그리고 존경

충청북도 시군의회 의장단 음성군의회 방문기념

하는 의원 여러분! 우리는 오늘 제1대 음성군의회 개회를 위해서 이 자리에 모였습니다.

이 자리는 군민의 절대적인 지지를 받아 30여 년 만에 갖는 지방자치제 실시에 따라 온갖 어려움을 극복하고 등원하신 초대 지방의회 의원들이 모인 자리입니다.

본인은 먼저 우리를 이곳에 보내주신 군민 앞에 깊이 감사하고 있습니다. 아울러 본인은 이 역사적인 초대 음성군의회 의장으로 개회사를 하게 된 것을 크나큰 영광으로 생각합니다. 지방자치를 흔히들 풀뿌리 민주주의라고 하고 있습니다. 자방의회를 운영함으로써 민주주의 정착과 주민의 자치 능력을 배양할 수 있는 계기가 되리라 생각됩니다.

날로 증대되는 주민복지 수요에 능동적으로 대처하고 지역 문제 등 군정 결정에 주민의 의사가 반영되어야 한다는 시대적 요청에 따라 지방의회가 운영되느니 만큼 우리의 사명감이 무거움을 느낍니다.

지방자치의 근본 목적은 진정한 자치행정을 함으로써 지역사회의 안정을 기하고 주민의 복지를 향상시킴으로써, 나아가 지역발전이 국가발전으로 이어지도록 우리 모두 지혜와 역량을 결집시키는 것이라 생각합니다.

존경하는 의원 여러분!

부족한 본인이 초대의장으로서 책임의 막중함을 느끼는 한편 의원 여러분의 뜨거운 지지만이 우리 의회가 발전할 수 있다는 점을 고백하면서, 모쪼록 의원님들의 적극적인 성원과 지도편달을 당부 드립니다.

끝으로 오늘 참석하신 여러분들의 건강과 행운이 항상 함께하시고 우리 군정의 무궁한 발전을 기원하면서 개회사에 갈음합니다.

감사합니다.

1991년 4월 15일

음성군의회 의장 **안 병 일**

제4대 후반기 의장 당선인사
(2004년 7월 9일)

감사합니다. 존경하는 9만여 군민 여러분!

먼저 여러 가지로 부족한 제가 의장에 당선되어 기쁨보다는 막중한 책임감을 느끼면서 제4대 후반기 의장으로 선출해 주신 의원님들께 깊은 감사의 말씀을 드립니다.

그 동안의 의정활동 경험을 바탕으로 지역을 위해서 앞으로 더욱 열심히 일하라는 것으로 알고 지역의 심부름꾼으로서 그리고 지역의 참봉사자로서 새롭게 태어나 열심히 일할 각오입니다.

전반기 이준구 의장님께서는 많으신 경험과 경륜을 발휘하시어 완전한 지방자치시대에 군민과 함께하는 앞서가는 군의회를 이끌어 오신 데 대하여 아낌없는 찬사를 보냅니다.

음성군의회의 기본방향인 '더불어 함께하는 열린 의회', '희망과

4대 의장 당선인사

믿음을 주는 책임 의회', '봉사와 실천하는 힘찬 의회' 를 구현하기 위하여 동료 의원들과 함께 '신바람 나는 음성 건설' 을 위해 열심히 일을 하겠습니다.

군민의 대의기관으로서 집행부와 의회가 수레의 양바퀴처럼 조화를 이루며 군정이 올바르게 추진될 수 있도록 견제와 감시 기능을 충실하게 수행하여, 앞으로 후반기 임기 동안 군민들의 뜻을 받들어 군민 우선, 군민 중심, 군민과 함께 하는 의정활동에 전념하여 우리 9만 군민들의 복지증진과 지역개발에 앞장서서 열심히 일할 것을 약속드리겠습니다.

또한 4대 의회가 원만하게 의정활동을 할 수 있도록 우리 9만 군민

사회를 보며

들과 군수님을 비롯한 공직자 여러분들의 아낌없는 협조와 성원을 부탁드리면서 당선 인사에 대신하겠습니다.

감사합니다.

2004년 7월 9일

음성군의회 의장 **안 병 일**

2006년도 신년사

존경하는 9만여 군민 여러분! 대망의 병술년 새해가 밝았습니다.

희망차게 밝아온 새해를 맞이하여 군민 여러분 가정마다 소망하신 모든 일들이 성취되시고 건강과 축복이 늘 함께 하시길 충심으로 기원합니다. 그리고 제 4대 의회가 출범 이래 우리 의원 모두가 의정활동에 전념할 수 있도록 변함없는 애정과 성원을 보내주신 군민 여러분께 진심으로 감사를 드립니다.

지난해는 음성군민의 염원인 충북 혁신도시를 우리 군에 유치하는 쾌거를 얻어 낸 가장 뜻 깊은 해로서, 이는 전 군민의 단합된 힘과 노력의 결실로, 유치가 되기까지 수고를 아끼지 않으신 군민 여러분께 깊은 감사의 인사를 드리면서, 우리 지역의 균형 발전은 물론 국가 전체의 경쟁력 강화와 직결되어 있으므로, 앞으로 계획대로 추진될 수 있도록 군민 모두가 한 마음으로 성원과 적극적인 협조를 당부드리는 바입니다.

저희 의회는 지난해 지역의 당면현안 문제 해결, 군정질문, 행정사무감사, 예산심의 등 주민의 불편해소, 지역의 균형발전을 도모하기 위한 의정활동에 최선을 다하였습니다만 의정활동 과정에서 모든 분의 기대에 부응하지 못하는 면도 있었습니다. 이를 거울삼아 더욱 심기일전하여 지속 보완, 발전시켜 주민을 위한 의정활동이 되도록 최선의 노력을 다하겠습니다.

군민 여러분!

희망찬 새해 병술(丙戌)년을 맞이하여 우리 의원 일동은 '군민 중심, 군민 우선, 군민과 함께하는 의회' 를 구현하기 위하여 생산적이고 역동적인 의정을 실현하여 9만여 군민에게 새로운 활력과 희망을 안겨주는 의회를 만드는 데 심혈을 기울일 것을 다시 한 번 다짐하며 새해에는 더욱 의정활동에 전념토록 하겠습니다.

끝으로 병술년 새해 군민 여러분 복 많이 받으시고 모두 건승하시고 소원 성취하시길 다시 한 번 기원 드립니다.

2006년 1월

음성군의회 의장 **안 병 일**

의장직을 떠나며

이제 얼마 후면 임기만료로 의장직을 퇴임하게 된다. 의장직을 끝으로 43년간 계속되었던 나의 공직생활도 끝이 날 것이다. 지금까지 끊임없이 일을 하다가 갑자기 손을 놓게 되면 어떤 기분이 들지, 솔직히 홀가분하기도 하고 한 편으로는 겁이 나기도 한다.

생각 같아서는 그동안 못해 본 일들을 실컷 해 보고 싶기도 하고 또 아내와 함께 여행도 다니면서 인생의 잔잔한 맛도 느끼고 싶은데 실천할 수 있을지 모르겠다.

그동안 사회봉사를 하느라 내 평생을 다 바치고 정작 나 자신과 가정에는 충실하지 못했던 것 같다. 그래서 이제는 후진에게 자리를 내주고 뒤로 물러앉아 종교적으로 봉사도 하고 좀 편안하게 살고 싶다.

처음 음성군의회에 들어와서는 정말 의욕적으로 일했다. 옳은 일이라고 생각하면 잘못된 점은 과감히 시정, 조치하도록 음으로 양으로 힘썼다. 그러나 집행부는 오랜 관료주의에 젖어 있어서 의원들의 이야기를 듣기는 했지만 생각했던 것과 다르면 그 때마다 마찰이 있었다. 의견이 조율되지 않을 때마다 이해하고 설득시켰으며 옳다고 생각되는 것은 반드시 집행부에 반영할 수 있도록 노력했다. 최소한 명목상의 의회가 아닌 행동하는 의회, 살아있는 의회가 되어야겠다는 생각이었다.

어떻게 보면 의원들은 각 지역을 대표하는 독립된 기관장과도 같다. 그래서인지 자존심이 대단했다. 또 의원의 역할이 군민의 대변자로서 군정 발전을 위한 것이지만 각 지역의 대표자이기 때문에 본인들이 속한 지역에 도움이 되도록 일을 추진하려고 했다. 그러다 보니 의원들 간의 의견이 맞지 않아 애를 먹는 경우도 종종 있었다.

의원들의 불협화음을 통일시키는 것도 의장이 해야 할 일이었다. 한쪽으로는 집행부의 독주를 막으면서 의원들을 잘 이끌어 가는 일은 결코 쉽지 않았다. 그러나 의원들과 집행부의 중간에서 의회의 권위를 지키면서 조화롭게 이끌어 가려고 노력을 경주했다.

그런 의미에서 나는 지도자의 역할이 상당히 중요하다고 본다. 어느 지도자를 만나느냐에 따라서 속한 단체가 성공으로 갈 수도 있고 실패로 갈 수도 있기 때문이다.

가장 힘들었던 순간은 의회 상정 안건에 대한 가부 표결시 의장이 어느 쪽의 손을 들어줄 것인가를 고민해야 할 때였다. 나는 군정 발전이라는 큰 틀에서 눈치 보지 않고 용단을 내렸다.

또 어려웠던 점은 의장이 옳은 결정을 해도 반대 아닌 반대를 하는 경우였다. 누가 보아도 옳은데 무조건 억지를 부리며 반대를 하고 나서는 것이다. 그럴 때는 끈기 있게 설득하고 이해시켜서 일을 진행시키기도 했다. 어떻게 보면 지방의회는 국회의 축소판 같다는 생각이 든다.

처음에는 시행착오도 많이 겪었지만 지방의회도 해를 거듭하면서 많은 발전을 이루었다. 유급제가 되어 보수도 점진적으로 늘어나고 있고 아마 앞으로는 더 좋은 예우를 받을 수 있으리라 본다. 바라기는 유능한 엘리트, 젊은 지역 일꾼들이 더 많은 관심을 가지고 뛰어들어 젊음을 불사르는 의회가 되었으면 한다. 유능한 인재들이 의욕적으로 일할 때 지방의회의 질적 향상은 물론 지역 주민의 소득을 높이는 길잡이 역할을 톡톡히 할 수 있으리라 생각된다.

아무튼 의장직에서 물러나면서 나는 모든 공직에서 손을 떼었고 이제 넉넉한 시간이라는 큰 선물을 받았다. 그 시간을 얼마나 알차게 이용하게 될는지 지금부터 청사진을 짜야겠다.

그 동안 43년이라는 긴 세월 동안 공직생활을 하면서 큰 과오 없이 명예롭게 퇴직하게 도와주신 하느님께 먼저 감사함을 드린다. 아울러 별로 잘난 것도 없고 평범하기 이를 데 없는 나를 오늘의 안병일로 키워 주신 지역 주민들에게 다시 한 번 깊이 고개 숙여 감사를 드린다.

제 7 장

마음을 깨우치는 소중한 가르침

죽을 힘 다해 개간한 상록농장, 손아귀에서 놓치고…
벽돌공장 실패로 인생의 깊은 맛을 알다
1996년, 청주 용암동에 평안빌딩 짓다
오웅진 신부님과의 인연
산 꿩을 붙잡다

죽을 힘 다해 개간한 상록농장, 손아귀에서 놓치고……

이 이야기를 시작하려니 벌써부터 마음이 무겁다. 누가 내 일생에서 가장 후회하는 일이 뭐냐고 묻는다면 나는 단연코 '상록농장을 처분한 일' 이라고 말할 것이다.

이야기는 1960년대로 거슬러 올라간다. 1960년대 우리나라 인구의 70~80퍼센트는 농업에 종사하였다. 당시 우리 국토의 70퍼센트는 벌거벗은 임야로 방치되어 있었고 농촌의 농경지는 절대 부족한 상태였다.

나는 4-H 농촌운동을 하며 배운 지식을 활용할 방안을 찾다가 버려진 임야를 개간하고 활용하면 되겠다는 아이디어를 생각해냈다. 그 길로 개간할 군임야를 찾아 관할 면장과 군수에게 임대해 줄 것을 요청하니 참 좋은 생각이라며 사업계획서를 제출하라고 했다.

나는 임야 하단부위 3정보는 개간을 하여 경작지로 활용하고 경사가 심한 중상부 임야는 나무를 심어 7 : 3 비율로 분수 계약을 체결했다.

당시 맹동면장은 강성진 씨였고 음성군수는 채동환 씨였다. 이들은 계획서가 참 잘 됐다며 쾌히 임대차 계약을 체결하여 줌으로써 본격적인 개발에 들어갔다. 우선 하단부위 3정보는 개간하여 경작지를 만들고 나머지 임야 40정보에는 낙엽송과 니키다송을 심었다.

농장은 마을에서 동떨어져 있었다. 800여 평의 사유지를 큰아들 홍헌이 명의로 매입하여 우선 살림집을 짓고 축사 50여 평 한 동을 건축하여 한우를 길렀다.

밭에는 뽕나무를 심어 양잠 누에를 쳤고 고추와 담배 경작도 했으며, 관상수용 은행나무, 모과나무 종자를 구입해서 파종하여 묘목도 길렀다. 그러나 모과나무는 판매시기를 놓치는 바람에 만여 주나 되는 묘목을 전부 뽑아 음성군에 기부함으로써 음성군 농가에 무상으로 공급하였다.

1969년에 시작해서 1975년까지 6년이라는 세월이 흐르는 동안 외관상 상록농장은 종합농장으로서의 면모를 갖추게 되었다. 농장은 워낙 외진 산골이라서 전기도 들어오지 않았다. 우리 두 내외는 호롱불을 켜고 살면서 그야말로 몸을 도끼삼아 무던히도 중노동을 하면서 억척같이 일을 해서 개간을 했다.

나는 일찍이 봉암 앞뜰 60여 정보를 경지 정리하면서 기계가 아닌

순 인력으로 농업 현대화를 이룩하여 인간 불도저라는 별명을 얻은 적이 있다. 농장 개간도 마찬가지였다. 그야말로 인간 불도저로서의 역량을 발휘해서 소위 남들에게 기적을 일구어냈다는 칭송을 받기에 이르렀다. 아마도 영국의 청교도들이 신대륙 아메리카를 개척했듯이 내가 불모지에서 상록농장을 설립한 것도 같은 맥락이었을 것이다.

나는 이 농장을 만들기 위해 부모님께 고향집을 맡기고 아내와 단둘이 상록농장에 초가삼간과 축사를 짓고 전기도 없는 곳에서 살았다. 그런데 얼마나 농장을 만드느라고 고생을 했는지 아내는 주민등록증을 하러 갔는데 지문이 나오지 않을 정도였다.

"아주머니 얼마나 일을 많이 하셨으면 지문이 닳아서 지문이 나오지를 않아요. 장갑을 끼고 한 열흘 정도 손을 아끼셨다가 다시 오세요."

오죽하면 면사무소 주민등록증 담당직원이 이렇게 말을 했을까?

당시 70이 넘은 아버지, 어머니를 막내 동생이 모시고 살았는데 마침 동생이 집을 지어 나가 사는 바람에 노부모님이 일꾼 두 사람을 데리고 살게 되었다. 부모님을 모시기 위해서라도 우리가 다시 집으로 들어가야 할 입장이었다.

또 한편으로는 전깃불도 들어오지 않는 곳에서 죽으라고 일을 했는데 막상 수익이 생각만큼 들어오지 않자 손을 떼고 싶은 시점이기도 했다.

차라리 제 3자한테 농장을 넘겨서 그 돈을 도시에 투자하는 게 낫지 않을까 하는 생각이 들었다. 그래서 곧 땅을 내놓았고 임자가 나타나 상록농장을 넘기게 되었다.

그런데 나에게 또 한 번의 농장을 버리지 않을 기회가 찾아왔다. 계약을 한 사람이 잔금을 치르지 못해 계약이 자동으로 해지되어 버린 것이다. 그러나 나는 이미 모든 것을 접고 집으로 돌아온 뒤였다. 어떻게 해야 할 것인가 고민하고 있는데 계약을 했던 사람이 집으로 찾아왔다.

"제가 당장 가진 돈은 없지만 유포리에 아홉 마지기 논이 있습니다. 한 평에 쌀 한 말씩 가는데 그 논을 드릴 테니 계약을 살려 주세요."

그 때 조금만 더 생각을 했더라면 지금쯤 이런 후회는 하지 않았을 것이다. 차라리 당신이 땅을 팔아서 돈으로 가지고 오라고 했다면 그 땅이 팔리지 않아서라도 상록농장은 그 사람 손에 넘어가지 않았을 것이다. 그런데 운명이 얄궂어서인지 아니면 내가 어리석고 약지 못해서인지 나는 그렇게 하자고 선선히 승낙을 했다.

계약금 300만원과 논 1800평을 상록농장과 맞바꾸고 구입한 논을 바로 내놓았으나 이 논이 지독히 팔리지 않았다. 결국 3년 후에 6백만 원을 받고 땅을 팔았으니 총 900만원에 상록농장은 날아간 뒤였다.

그런데 농장을 넘긴 지 2년 뒤에 기가 막힌 일이 생겼다. 그 동안 개인에게 임대한 땅은 평당 2천 원씩 받고 군에서 임차인에게 팔되 매년 200원씩 10년 동안 상환하면 이전 등기를 해 준다는 공지가 난 것이다. 즉 만여 평을 2년만 더 가지고 있었다면 10년 후에 내 땅이 된다는 소리였다. 나는 망치로 머리를 얻어맞은 듯했다.

어려서부터 머리가 좋다는 소리를 듣고 살았는데, 고생고생해서 일구어 놓은 13만 평이라는 땅을 순식간에 날렸으니 그야말로 가슴을 쥐어뜯을 일이었다. 어찌 이 같은 일이 있을 수 있을까?

나는 천재적 아이디어로 남들이 미처 생각 못한 일을 추진하여 성사시키고는 흥분하여 구체적인 계획도 없이 즉흥적으로 일을 벌여 50평 규모의 축사는 안 지어도 되는 것을 돈을 많이 들여 지었고, 또 내 농장 8,000여 평의 땅을 놔두고 농장 앞 양지쪽 포전밭 3천 평을 5년간 장기 임대하여 인삼을 심으려고 하였으나 적지가 아니어서 심지도 못하였다.

사실 우리 농장이 북향의 사질양토로 인삼포 최적지인데(후일 알았음) 내가 조금만 신중했었다면 전문가의 자문을 얻어 농장땅이 인삼재배 적지인지 여부를 확인하고 조금씩 능력에 맞게 4~5백 평씩 인삼을 심고 차차 늘려가도 되는 것이었다. 그저 포전밭이라 인삼이 잘 될 줄 알고 남의 밭 3천 평을 임대하여 인삼 심고, 그 임대료 주느라 봉암에서 부모님이 일꾼을 두고 농사지은 그 많은 벼를 내어서 충당한 것이 참으로 어처구니 없었다는 생각이다. 고추 심고 누에도 치면서 담배농사도 하고, 내가 조합에 가면 아내가 연탄불 때면서 그렇게 밤낮없이 돈 고생 몸 고생 온갖 고생을 말도 못하게 하고는 결국 지키지도 못하고 그냥 나왔으니 이 얼마나 한심스러운 일인가. 들어간 돈은 물론이고 개척한 보상도 다 못 받고 그냥 남 좋은 일하느라 6년간 허송세월하고 나왔으니 부모님께 불효막심이고 아내에게 매우 미안하였으나 그나마 좋은 일하시는 오웅진 신부님이 뒤늦게 인수하여 꽃동네가 자리잡고 잘 운영되고 있으니 신앙인으로서 감사하게 생각한다.

이 일을 거울 삼아 자식들에게 하고 싶은 말은 매사에 심사숙고하여 신중하게 처리하고 후회할 일 하지 말고 성공적인 삶을 살기를 바랄 뿐이다.

이 일이 있은 지도 이미 40년이 흘렀다. 그러나 나는 지금도 그 부근을 지날 때면 너무 속이 상해서 고개를 돌리곤 한다. 그곳에는 아직도 내가 살던 집이 그대로 있다. 농장을 지금까지 가지고 있었다면 그 재산 가치가 실로 엄청날 것이다.

이 일을 교훈 삼아 나는 그 뒤 어떤 일을 처리할 때 더욱 심사숙고하고 신중히 생각하려고 노력했다. 그리고 어차피 지난 일은 두 번 다시 신경 쓰지 않고 재론하지 않기로 했다.

인생은 빈손으로 왔다가 빈손으로 돌아가는 공수래공수거(空手來空手去)라 하였다. 그래도 재물 운이 영 없지는 않아 고향 맹동에 만여 평의 농지를 지키고, 청주 용암동의 평안빌딩도 소유하여 말년에 돈 걱정 없이 살고 있으니 그것만으로도 만족하려 한다.

벽돌공장 실패로 인생의 깊은 맛을 알다

20여 년간 해 왔던 조합장을 내놓고 정말 오래간만에 한 해 휴식기간을 가졌다. 그런데 하루는 이웃에 사는 사람이 적벽돌 공장을 하게 되었다면서 준공식에 와 달라고 초청을 했다.

준공식하는 날 가서 보니까 흙으로 벽돌을 구워서 파는데 적벽돌이 모자라서 동이 날 지경이었다. 당시는 80~90퍼센트가 건물을 지을 때 적벽돌로 지었다.

준공식에 다녀온 이후 적벽돌 공장을 한 번 해 볼까 하는 생각이 들었다. 적벽돌은 세월이 지나도 싫증이 나지 않고, 불연재로서 내구성이 강하고 영구적이어서 건축물 재료로 대단히 인기가 좋았다. 사업은 해 본 적이 없지만 승산이 있어 보였다. 그래서 땅을 팔고 큰아들 홍헌이에게 5,000만원을 융통하여 적벽돌 공장을 시작했다. 그런데 생각보다 돈이 많이 들어가 공장을 짓는 과정에서 자본이 부족하여 준공조차 하지 못하고 있었다.

어떻게 해야 하나 걱정을 하고 있는데 마침 무극에 살던 사촌 동생이 벽돌공장에 관심이 있어 보였다. 그래서 지금 자금이 부족하니 동생이 자금을 좀 투자했으면 좋겠다고 말했다.

동생은 며칠 생각해 보겠다고 하더니 당시 적벽돌 공장이 인기가 있었을 때라 그런지 호감을 가지고 투자를 하기로 결정했다.

지분을 7 : 3으로 나누기로 약속을 하고 사촌 동생이 투자를 하여 공장은 다시 활기를 띄었고 완공을 보게 되었다. 완공하는 날, 나도 사촌 동생도 감개가 무량했고 앞으로는 돈을 벌 수 있다는 희망에 벅차 있었다.

처음에는 사업이 제법 잘 되는 것 같았다. 그런데 얼마 후 재래식 벽돌공장에서 나오는 벽돌은 인기가 없고 기계식 공장에서 나오는 신제품의 인기가 치솟았다. 판로를 확보하지 못하니 공장을 돌려 벽돌을 생산해도 타산이 맞지 않았다. 너무 기가 막혀 벽돌 구워내는 가마 속에 드러누워 한탄을 했다.

'아, 망했구나. 내가 망한 건 그렇다 치더라도 나를 믿고 투자한 사촌 동생까지 같이 망하게 됐구나, 이 일을 어쩌면 좋을까?'

정말 사업은 아무나 하는 게 아니라는 생각에 괜히 시작했다는 후회로 땅을 치고 싶었다.

나는 거의 매일을 절망 속에서 살았다. 아마도 살면서 그토록 절망에 빠졌던 적은 없었던 것 같다. 아내는 물론 어머니까지 아들이 이 위기에서 벗어나게 해달라고 낮이고 밤이고 끊임없이 기도하고, 막내아들 역시 하루도 빠짐없이 새벽기도에 나가 공장이 제대로 돌아가게 해달라고 간절히 기도했다.

당시 민헌이와 막내 명헌이는 공장에 상주하며 어떻게든 공장이 문을 닫지 않도록 하기 위해 온몸으로 뛰었다. 그러나 자본이 많은 사람이 공장을 인수하는 것 외에 달리 방법이 없었다.

아마 그 때 느꼈던 절망감은 겪어 보지 않은 사람은 상상조차 할 수 없을 것이다. 자식들한테도 미안하고, 어머니와 아내에게도 면목이 없었다.

그러나 하늘이 무너져도 솟아날 구멍이 있다고 했던가? 살아계신 하느님이 우리 가족의 기도에 응답을 주셨다.

당시 생극에서 정신병원(현재 현대병원)을 운영하는 정근희 이사장은 사회복지사업에 앞장서서 좋은 일을 하셨는데 음성군에 경로당을 많이 건립해 자선 사업을 하는 분이었다. 그 분이 벽돌공장을 인수한다면 앞으로 경로당을 짓는 데 도움이 될 것 같기에 찾아가서 말씀드렸다. 다행히 정근희 이사장께서 벽돌공장을 인수해 주셨다.

얼마나 기뻤는지 모른다. 나는 투자한 원금만 계산해서 공장을 넘겼다. 무엇보다 나를 믿고 투자하여 돈 고생, 마음 고생을 한 사촌 동생에게 피해를 주지 않았다는 사실이 너무도 좋았다.

"그 동안 고생 많았어. 여기 동생 지분 30% 내놓았으니까 가지고

가."

"제 몫은 그냥 두세요. 저는 정근희 이사장님에게 투자하고 지분은 그대로 둘래요."

참 이상한 일이었다. 공장이 어려움에 처했을 때는 공장을 처분해서 지분을 달라고 했던 동생이었다. 그런데 동생은 재력가인 정근희 이사장이 공장을 인수하자 안심이 되는지 돈을 가져가지 않겠다고 말하는 것이었다.

"그래. 그러면 동생이 알아서 해."

엄밀히 말해 동생과 나의 계약은 그것으로 끝이 나고 동생은 내게 투자했던 30% 지분을 찾아간 것이다.

그런데 내가 손을 떼고 난 뒤에도 벽돌공장은 그리 잘 운영되지 않은 것 같다. 결국 몇 년 후 공장은 제 3자에게 다시 넘어갔다.

지금도 그 당시 생각을 하면 아찔하다. 다행히 인수자가 나타났으니 망정이지 몇 년 더 공장을 끌고 갔더라면 나는 완전히 재기할 수 없었을 것이다.

농촌운동이나 하고 조합이나 운영하던 사람이 남들이 하니까 나도 한 번 해 보겠다고 사업에 뛰어들었다가 죽을 고비를 넘긴 사례였다.

1996년, 청주 용암동에 평안빌딩 짓다

큰 아들이 청주에서 치과병원을 경영할 때였다. 하루는 토지개발공사에서 용암동에 신도시를 개발하고 분양한다는 광고가 나왔다. 가서 보니 상업지역으로 여러 필지가 나왔는데 그 중 180평 되는 한 필지가 마음에 들었다. 시세를 알아보니 당시 분양가 내정가격이 5억 천만 원이었다.

이 땅을 꼭 분양받고 싶은데 경쟁 입찰이라 누가 얼마를 쓸지 알 수 없었다. 아들과 함께 사는 땅이라 머리를 맞대고 의논을 했다. 아들은 5억 5천을 쓰자고 했지만 왠지 그렇게 하면 내게 낙찰이 안 될 것 같았다. 나는 좀 비싸지만 꼭 땅을 사려고 한다면 6억 천만 원을 쓰자고 우겼고 다른 사람이 쓴 금액보다 월등히 높았기에 낙찰을 받았다. 그 돈은 나와 큰 아들이 똑같이 반씩 부담했다.

막상 땅을 샀지만 집 지을 돈이 없어 한 4년 간 방치해 두었다. 그러던 어느 날 더 이상 땅을 놀릴 수가 없다는 생각에 주택은행 충청지역 본부를 찾아갔다.

용암동 상업지역 번화가가 될 장소에 내가 땅 180평을 샀는데 건물을 지으면 1층에 입점할 용의가 있느냐고 물었다. 당시 재경부 장관을 역임했던 홍재형 씨가 중간에서 도와주기도 했고, 또 주택은행 본부에서 직접 나와 자리가 어떤지 물색을 해 보기도 했다. 만약 그 장소에 은행이 들어서면 용암동도 발전할 것 같은 생각이 들었다. 은행에서 실무자가 나와 장소를 보더니 장소가 좋다며 흔쾌히 계약을 하자고 했다.

건물을 짓기 전부터 임대료를 7억 5천만 원 받기로 계약을 하고 돈을 서너 번 나눠서 받았다. 건물을 짓는 데는 목돈이 들어갔는데 주택은행에서 받은 선수금이 건축을 하는 데 큰 도움이 되었다. 이렇게 해서 지하 1층, 지상 6층의 연건평 900평 건물을 짓게 되었다.

건물을 지을 때 어머니께서 꿈을 꾸셨는데 누런 황금돼지 여러 마리가 빌딩 안으로 몰려들어 오는 꿈을 꾸셨다고 했다. 길몽 중의 길몽이었다.

일단 1층 전세금으로 건축비의 상당 부분을 충당하고 나머지는 채무를 얻었다. 건물을 지은 후 바로 IMF가 터져 큰 위기를 만나기도 하였으나 살아남겠다는 의지로 세입자 유치에 혼신의 노력을 경주했다. 하느님은 스스로 돕는 자를 돕는다고 2~3층에 세입자가 입점

해 부도위기를 넘기고 2~3층에서 나온 세로 집 짓는 데 들어갔던 채무는 곧 갚을 수 있었다. 빚을 다 갚고 나니 번듯한 900평짜리 건물이 하나 생겼다는 생각에 마음이 뿌듯했다.

그 뒤 땅값이 올라 평당 350만원에 구입한 땅이 1,200만원을 호가하며 재산가치가 늘어났고 건물에서 나오는 전월세로 경제적 부를 축적하게 되었다.

땅값의 반을 댔던 큰아들은 3층에서 평안치과를 경영했다. 그런데 병원은 신도시 요지라서 유동인구도 많고 점차 상주인구가 늘어서 환자들도 많아져 나날이 번창하였다. 큰아들은 그 곳에서 돈을 몇 년 동안 착실하게 벌어서 서울 강남구 논현동으로 병원을 옮기고 서초동에 현대아파트 자택을 마련하여 잘 살고 있다. 서울로 올라가면서 건물에 대한 모든 지분은 아버지에게 위임하였다.

청주 용암동에 세워진 평안빌딩 전경

지금도 내가 그 건물을 소유하게 된 것은 내게 운이 따랐고 큰아들 홍헌이가 힘을 합쳤기에 가능한 일이었다고 생각하고 있다.

오웅진 신부님과의 인연

나는 개인적으로 오웅진 신부님과 상당한 교분이 있다. 지금도 나는 신부님을 존경하고 신부님 역시 나를 많이 사랑해 주신다.

1981년, 아버지가 병환으로 운명하시기 전에 어머니는 살아생전 아버지가 천주교를 믿고 영세를 받았으면 하는 마음에 오웅진 신부님을 찾아가서 아버지에게 영세를 달라고 부탁하셨다. 오웅진 신부님은 아버지에게 '베드로' 라는 세례명으로 영세를 주셨다.

오웅진 신부님을 처음 알게 된 것은 어머니를 통해서였다. 독실한 가톨릭 신자였던 어머니는 장남인 우리 내외만은 당신을 따라서 가톨릭을 신앙으로 갖고 영세를 받았으면 좋겠다고 종종 말씀하시고는 했다.

1991년 초, 우리 부부는 어머니가 그토록 바라시니 마지막 효도로 생각하고 천주교를 한 번 믿어보자고 결심하였다. 어머니에게 우리의 뜻을 알리자 어머니는 평소 친분이 있던 꽃동네 오웅진 신부님을 만나러 가자고 하셨다.

신부님을 찾아간 어머니는 오웅진 신부님에게 우리 내외를 인사시켰다. 오웅진 신부님은 어머니의 말씀을 듣고 천주교 교리라든지, 하느님을 믿고 세상을 살아가는 것이 얼마나 행복한 일인지 등등을 말씀해 주셨다.

우리 내외는 바로 그 자리에서 어머니의 뜻도 그렇고, 또 신부님의 말씀도 좋고 해서 천주교 영세를 받기로 결심을 하였다. 그런데 그때가 바로 1991년 초였고 기초의원 선거를 몇 달 앞둔 시기였다.

"신부님 말씀에 따르겠습니다. 그런데 곧 기초의원 선거가 있는데, 제가 지금 영세를 받으면 마치 꽃동네 관계자들의 표를 의식해서 영세를 받는 걸로 오해를 받을 수 있으니 선거가 끝난 뒤에 적당한 시기에 받도록 하겠습니다."

오웅진 신부님도 맞는 말이라며 고개를 끄덕이셨다.

나는 곧 지방의회 선거를 치러 당선하였고 초대의장이 되었다. 그리고 그 해 5월, 오웅진 신부님과 어머니께 약속 드렸던 대로 금왕성당 최상훈 신부님께 영세를 받았다. 나의 영세명은 '마태오', 아내는 '아가다' 였다. 어머니는 큰아들이 당신을 따라서 하느님을 믿게 된 것을 몹시 기뻐하셨다.

꽃동네 창설 30주년 기념식에서 오웅진 신부님을 모시고 아내와 함께

3년 후 우리 내외는 천주교 청주교구 정진석 주교님에게 경진성사까지 받았다. 정진석 주교님은 서울대교구장으로 가셨다가 2006년 2월 교황 베네딕트 16세에 의해 추기경에 서임되었다.

오웅진 신부님은 워낙 매스컴을 많이 타 유명하기도 하지만 나는 오웅진 신부님을 하늘이 내신 분이라고 말하고 싶다. 오웅진 신부님이 강론을 할 때면 수많은 신자들의 마음을 사로잡아 강론 자체가 감동의 도가니와 다름없다. 오웅진 신부님은 신자들로 하여금 하느님을 잘 알고 믿게 하는 힘을 부여받으신 듯하다.

오웅진 신부님이 운영하는 '꽃동네'는 '얻어먹을 수 있는 힘만 있어도 그것은 주님의 은총입니다' 라는 슬로건 아래 정부의 지원과 전국 신도 및 회원의 도움으로 운영되고 있다.

솔직히 대통령에서부터 일반 신자, 또 신자는 아니더라도 꽃동네를 후원하는 회원은 약 100만 명에 이르고 있다. 더러 신부님의 강론을 듣고 감복한 신자들은 적지 않은 기부금을 선뜻 내놓고 어떤 사람은 거액의 부동산을 내놓기도 한다. 그 후원금으로 오웅진 신부님은 불우한 수용자 약 4,000여 명을 먹이고 입히며 돌보고 있다.

또 사랑의 연수원에는 교육을 받고자 하는 희망자들이 전국에서 모여 학생, 공무원, 기업체 임직원 등 많은 사람들이 교육을 통해 사랑을 배우고 간다.

오웅진 신부님 안수기도를 한 번만 받아도 큰 은총을 입는다고 신자가 줄을 서는데 그렇게 훌륭하고 존경받는 신부님이 우리 어머니 장례미사를 집전해 주셨으니 이는 어머니의 마지막 가시는 길에 영광이자 우리 자손들에게 더 없이 고마운 일이었다.

이 자리를 빌어 오웅진 신부님께 진심으로 감사함을 전해 드린다.

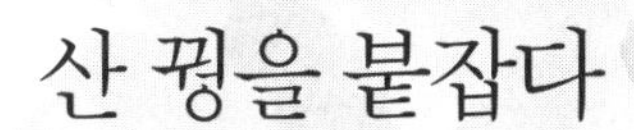

산 꿩을 붙잡다

내가 결혼하던 해, 몇 십 년 만에 폭설이 내렸다. 원래 눈이 많이 오면 날짐승이고 들짐승이고 먹을 것을 구하지 못해 제대로 힘을 쓰지 못했기에 폭설 뒤에는 도리깨를 들고 들이나 산으로 나가 꿩이나 토끼를 잡으러 다녔다.

하루는 혹시나 싶어 앞산을 뒤졌지만 아무것도 발견하지 못했다. 나는 집으로 가기 위해 집 앞 냇가에 이르렀다.

그런데 눈이 쌓였어도 가운데로 물이 졸졸 흐르는 시냇가에 모래가 훤히 보이는데, 모래 속에 풀씨를 주워 먹으러 온 장끼 한 마리가 눈에 띄었다.

'옳지 저 놈을 잡아야겠다.'

나는 혼자소리로 중얼거리며 쏜살같이 쫓아갔다. 장끼는 나를 발견하고 곧 몇 백 미터 앞으로 날아갔다. 나는 장끼를 쫓아 뛰었다. 장끼는 다시 붙들리게 될 즈음 인기척을 느끼고 동네 앞으로 날아갔다.

두 번째였다. 나는 또 쫓아갔다.

그 뒤로 장끼는 잡을 만하면 도망가고 잡을 만하면 도망가기를 다섯 번이나 했다. 나는 계속해서 몇 백 미터씩 달리다 보니 기진맥진했다. 장끼도 어지간히 지쳤는지 다섯 번째는 불과 200미터 정도를 날아갔다.

그곳은 밭이 있는 언덕배기에 눈이 쌓인 곳이었는데 이 꿩이 날다 말고 지쳐서 다이빙하듯 눈 속에 푹 처박히고 말았다. 이번에는 쫓아가기만 하면 100% 잡을 수 있었다. 그래서 뛰는데 가만히 보니까 어느새 장끼를 잡기 위해 젊은 사람 몇 명이 함께 뛰고 있었다. 바로 내 앞에는 김영환이 뛰어갔다.

이 꿩은 처음부터 내가 쫓던 것이라 지금은 기진맥진해 있는데 그걸 아는지 모르는지 꿩을 쫓는 사람들은 사력을 다해서 뛰었다. 장끼는 불과 200미터 앞에 있는데 이렇게 뛰다가는 꿩을 다른 사람 손에 뺏길 것이 분명했다.

나는 달리면서 입고 있던 코트를 벗어던졌다. 그 코트는 6.25 때 입었던 누런 군복을 염색해서 입은 것이었다. 당시만 해도 옷이 귀하니까 때가 덜 타는 검은 색으로 염색을 하는 것이 일반적인 시골 풍경이었다.

시장에 가면 드럼통을 반 잘라서 시커먼 물감 물을 끓이는데 그 곳으로 가서 새까만 염색을 들였다.

아무튼 코트를 벗어던지니 몸이 날아갈 것 같았다.

나는 사력을 다해 앞서 달리던 사람들을 따돌리고 눈 속에 처박힌 장끼를 잡았다. 장끼를 잡아가지고 집으로 돌아오는데 이놈이 얼마나 탈진했는지 집으로 오는 길에 죽고 말았다.

집으로 돌아와 어머니와 아내에게 "날아가는 꿩을 잡았습니다" 하고 내놓았다. 어머니는 쌀을 절구로 빻아서 새알심을 만들어서 꿩고기를 넣고 날떡국을 끓여 주셨다.

나는 지금도 어머니가 절구에 보리를 찧거나 쌀을 불려서 빻아 날떡국을 끓여주실 때 사용했던 절구댕이(절굿공이)를 정성스럽게 보관하고 있다.

아주 가끔씩 어머니가 생각날 때면 광에서 꺼내어 절구를 찧던 어머니의 살아생전의 모습을 그리기도 한다. 절굿공이는 얼마나 오래 썼는지 끝이 반질반질하다.

지금은 아내의 나이도 이미 팔순을 넘겼다. 가끔은 아내가 "이 절구댕이는 어머니도 쓰셨지만 나도 썼어요" 하고 말하면 옛 추억에 젖어 빙그레 웃고는 한다.

내가 한문서당에 다닐 때 훈장님이 해 주신 말씀이 생각이 난다.

임경업 장군이 충주에 사시는데 생극에 와서 글을 읽으셨다고 한다. 그런데 늘 올 때면 꿩을 한 마리씩 붙잡아서 선생님께 바쳤다는 것이었다.

아마 그 때도 눈이 왔으니까 가능한 일이었을 것이다.

비록 탈진한 꿩을 잡기는 했지만 꿩 잡는 일이 그리 쉽지는 않은 일이니 젊은 날 내 용맹함을 비디오에 담아서 자녀들에게 남겼으면 얼마나 좋았을까 하는 생각이 든다.

아무튼 나는 젊은 시절 한 번 이거다 하고 판단하면 반드시 그 일을 해내고야 마는 억척스러운 데가 있었다.

제8장

희망과 신념으로 살아온 세월들

나의 건강비법
선진국 시찰에서 얻은 것들
해외여행 견문록
전두환 전 대통령과 산행을 하다
마음을 즐겁게 하고 부지런히 일하라
여러 가지 큰 수술을 이겨내고
기적의 현장
회혼례(回婚禮)
생가 보존과 파랑새 기금

나의 건강비법

일찍 일어나는 새가 벌레를 잡아먹는다는 말이 있다. 평소 나는 특별한 일이 없는 한 새벽 5시에 기상한다. 5시에 기상하면 제일 먼저 무릎을 꿇고 앉아 기도를 올린다.

오늘 하루도 하느님의 은총으로 건강하고 복된 하루가 되게 해달라고, 사람의 뜻대로 살지 말게 하옵시고 하느님의 뜻대로 살게 해달라고 간절한 마음으로 기도한다. 그 다음 오늘 해야 할 일들을 점검하고 하루의 계획을 세운다.

6시가 되면 조깅을 시작한다. 조깅은 일주일에 다섯 번 정도 매일 4~5km 정도 무리가 가지 않게 하는데 반드시 아내와 함께 한다.

2006년 4월 23일에는 음성에서 제3회 전국 품바마라톤대회를 개최했다. 음성 종합운동장에서 무극 전적지까지 10km가 목표였는데 나도 참석하였다. 지인(知人)들은 어지간하면 중간에서 기권을 하라고 권했지만 나는 기권은커녕 끝까지 완주를 했고 게다가 전년도보다 5분이나 단축을 했다.

그런데 자고 일어나니 몸에 무리가 갔는지 무릎과 장딴지가 얼마나 아프던지 며칠을 고생한 기억이 있다. 그러나 73세의 고령에도 중간에 포기하지 않고 끝까지 완주하는 나를 보고 사람들은 모두 입을 다물지 못했다.

아내와 조깅하는 모습

"안 의장님은 아직도 60대 초반 같으세요. 도대체 어떻게 건강관리를 하십니까?"

사람들은 내가 10년은 젊게 사는 비결이 특별한 건강관리에 있다는 듯 궁금해 한다.

나는 선천적으로 부모님에게 건강한 신체를 물려받았다. 젊은 시절에는 일에 열중하고 자식들을 키우고 가르치느라 눈코 뜰 사이 없이 시간에 쫓기다 보니 건강을 별로 챙기지 못했는데 나이가 들면서 시간도 좀 생기고 건강에 관한 관심 또한 높아져 나름대로 원칙을 세우고 건강관리를 해 왔다. 그 동안 내가 깨달은 건강관리의 노하우는 먹을거리를 조절하는 것과 운동, 그리고 마음가짐이라고 생각한다.

나는 건강을 위해 무엇보다 규칙적인 생활을 한다. 매일 10시면 취침하고 5시면 기상해서 필히 냉수 한 컵을 마시고 침대 위에서 간단한 요가를 한다. 그리고 조깅 후에 체조로 몸을 풀며 하루를 시작한다. 특히 운동을 할 때는 마음가짐이 중요하다. 운동이 하기 싫고 귀찮은데 억지로 해야 한다고 생각하면 몸에 무리를 주는 노동밖에 되지 않는다. 때문에 늘 즐거운 마음으로 즐기면서 운동을 해야 2배의 효과를 거둘 수 있다.

세상을 살다 보면 즐거운 일, 괴로운 일이 있기 마련인데 스트레스는 최대의 적이다. 그래서 나는 스트레스를 그 때 그 때 푸는데 나의

제3회 품바 마라톤에서 10km 완주하고

스트레스 푸는 방법은 좀 특이하다.

나는 성격이 급해서 순간을 참지 못하고 화가 나면 소리를 지르거나 야단을 치기도 하지만 돌아서면 즉시 반성하는, 즉 뒤끝이 없는 성격이다. 그리고 잘 했건 잘못 했건 끝난 일은 잊으려고 노력하고 염두에 두지 않는다. 또 누구와 사소한 일로 다투더라도 마음에 담아두지 않고 내가 잘못했다고 먼저 사과를 하고 상대의 마음을 풀어주도록 노력한다. 그렇게 하면 내 마음의 부담이나 응어리가 없어 스트레스가 쌓이지 않고 결국 건강에 도움이 된다고 생각한다.

날이 춥거나 비가 오는 날은 집에서 러닝머신을 시속 5km로 50분 정도 한다. 또 오후에 일찍 귀가하는 날은 자전거를 10km 정도 달리는 것이 일상생활이 되었다. 건강은 건강할 때 지키는 것이 상책이라고 생각한다.

밥은 소식하고 하루에 한 끼는 필히 생식을 한다. 또 채소와 과일, 고구마와 나물류를 즐겨 먹으며 해산물도 좋아하고 밥은 현미 잡곡이나 콩밥을 좋아한다. 그렇게 건강관리에 신경을 써서인지 30여 년 동안 체중이 2~3킬로 내에서 왔다 갔다 별 변동이 없었다. 또 매주 한 번은 가급적 등산을 다니는데 맑은 공기를 마시고 자연경관을 만끽하며 산을 오르내린 것이 건강에 많은 도움이 되었다.

한 번은 동료 의원들과 함께 여행을 갔는데 한참 흥겹게 노는 자리에서 이한철 의원이 말했다.

"의장님은 누가 연세를 물으면 60세라고 하세요."

누가 보더라도 건강하고 젊다는 말이니 기분이 나쁘지는 않았다. 또 나는 내 건강은 물론이요 내 동생들과 자녀들의 건강까지 챙기는 편이다. 안타깝게도 동생들은 혈압과 당뇨가 있다. 그래서 동생들을 만나면 고기도 덜 먹고 술도 먹지 말며 과식도 하지 말고 운동을 하라고 권한다. 듣기 좋은 소리도 자꾸 하면 잔소리가 되듯이 동생들은 내가 하는 잔소리를 듣기 싫어하면서도 내가 건강하다는 것은 모두 인정을 한다.

"한 아버지, 한 어머니 속에서 났는데 어떻게 형만 혈압도 정상, 당뇨도 없고 콜레스테롤 수치도 정상인 걸 보면 형님은 확실히 건강관리를 잘하는 것 같아요."

나는 형제들뿐 아니라 자녀들의 건강도 일일이 체크한다. TV에서 건강에 관련된 방송을 하면 6명의 자녀들 집으로 모두 전화를 걸어 프로그램을 시청하라고 권유하고, 또 자녀들의 종합건강 진단을 예약함은 물론 진료비를 먼저 지불해 주고 확인차 반드시 영수증을 챙겨 오라고 한다.

최근에는 손자 하나가 과체중이어서 살을 빼면 컴퓨터를 사 주겠다고 약속을 했는데 손자가 마음을 굳게 먹더니 소식하고 줄넘기도 규칙적으로 해서 날씬하게 정상체중이 되었다.

손자는 바로 국립 강원대학교 대학생이 된 중헌이다. 나는 손자가 결심을 하고 노력하여 살을 뺐으니 너는 마음을 먹으면 무슨 일이든 못할 것이 없다고 칭찬해 주었다.

선진국 시찰에서 얻은 것들

선진국 의회 시찰을 나갔던 일도 기억에 남는다.

초대 의장에 당선이 되고 나서 일을 시작하려고 하자 지방의회라는 이름만 있었지 아무런 자료도 없이 거의 백지상태나 다름없었다.

어째서 내가 하는 일은 모두 첫 단추를 찾아서 끼우는 일인지 참 아이러니하다는 생각이 들었다.

그 때 누군가가 선진지 견학을 다녀와서 다른 나라 의회는 어떻게 운영을 하는지 돌아보고 공부를 좀 하는 게 좋겠다는 의견을 냈다. 기왕에 가는 것이라면 민주주의 선진국인 영국, 독일, 프랑스 등 유럽을 연수하는 게 좋겠다고 생각했다.

사실 처음으로 시작하는 의회였기 때문에 아무런 자료가 없었으

영국의 국회의사당 앞에서

므로 선진국을 돌아보고 모델로 삼으려는 것이 가장 큰 이유라면 이유였다.

영국 옥스퍼드 시를 방문했을 때 당시 시의회 의장이 여자였는데 시장까지 겸하고 있었다. 영국은 의회의 위상과 의원들의 수준이 상당히 높았고 전문성도 갖추고 있었다. 우리는 의회정치의 원조 격인 영국의 의회정치를 세심하게 둘러보았다.

영국의 경우 의원들은 주민을 대표해 무보수 명예직으로 일하고 있었기에 낮에는 각자의 생업에 종사하고 저녁에 모여 지역사회 발전을 위해 토론도 하고 의사 결정도 하곤 했다.

영국에서 가까운 프랑스에 들렀을 때는 프랑스 의회 상원 내에 있는 미래전망기구(GPS)를 방문하였다.

프랑스 정치의 원칙은 '프랑스 대혁명(1789)' 직후 선포된 '인권선언문' 을 바탕으로 정치를 펴 나가고 있다.

인권선언문에서는 국민의 주권에 토대를 두고 있는 '자유', '평등', '박애' 의 개념을 담고 있다.

프랑스는 대통령 권한이 막대한 행사력을 가지고 있는 것이 특징이다. 그러나 대통령을 견제할 수 있는 '국민의회' 가 있어 대통령의 수상 임명을 견제할 수 있다. 프랑스 정당은 좌파와 우파의 구분이 있는 것이 프랑스 정치의 가장 뚜렷한 특징이다

프랑스에서는 의회를 둘러본 것보다 미테랑 도서관에 소장되어 있던 직지심경(直指心經)이 더 잊히지 않는다. 세계 최초로 만들어진 우리나라 금속 활자본인 직지심경이 아직도 그곳에 보관되어 있다는 점이 안타까웠다.

우리의 소중한 문화재 직지심경은 지난 2001년 6월 유네스코 세계기록유산으로 지정되기도 했다.

몇 해 전부터 시민운동 단체인 '청주시민회' 가 '직지심경 찾기 운동' 에 발 벗고 나섰다.

우선 국내에도 이 책이 남아 있을 것이라는 판단에 현상금을 내걸어 공개 수배를 했으며 프랑스 국립도서관과 파리 시민들에게 편지 보내기 운동도 벌였다. 하루 속히 직지심경이 우리 품으로 돌아온다면 좋겠다.

유럽을 다녀온 이후 느낀 점은 특히 우리나라는 중앙정부와 지방

정부의 역할 분담, 권한 배분이 하루 빨리 이루어져야 한다는 점이었다. 또 우리 의회와 같은 점은 더 발전시키고 버릴 것들은 버리면서 우리나라 의회에서 해야 할 일들을 하나씩 정립해 나가는 것이 중요하다고 생각했다.

어느 날 한 군민에게서 전화 한 통이 왔다. 그는 대뜸 군민을 대변해 일을 해달라고 의원들을 선출했더니 해외 관광이나 다니느냐고 힐책하는 말투로 따지는 것이었다.

나는 소신껏 대답했다.

"지금 의회가 처음 탄생하는 마당에 그나마 외국에 가서 보고 듣고 배운 것을 우리의 실정에 맞게 접목시켜서 일을 하고 있는데 도대

프랑스 파리의 에펠탑 앞에서

체 무슨 소리를 하시는 겁니까?"

나는 전화로 조목조목 예를 들어가며 이야기했다.

전화를 건 사람은 내 이야기를 다 듣고 나더니 긍정적으로 말했다.

"솔직히 의회 의원들이 국민의 세금으로 외국 관광이나 다니는 줄 알고 너무 속이 상해 전화를 걸었습니다. 나는 단순하게 생각했는데 지금 의장님이 말씀하신 것처럼 그렇게 소신이 있으시다면 잘 하신 일 같습니다. 앞으로도 지금과 같은 마음가짐으로 일해 주신다면 군민의 한 사람으로서 안심이 됩니다."

선진 외국 시찰은 우리 초대 의원들에게 지방자치와 의원의 역할에 대해서 많은 것을 가르쳐 주었으며, 의회 위상을 높이는 데 한 몫을 했다.

해외여행 견문록

'백문불여일견(百聞不如一見)' 이라는 말이 있다. '백번 듣는 것보다 한 번 보는 것이 훨씬 좋다' 는 뜻으로 '경험의 중요성' 을 강조하는 말이다.

대부분의 사람들은 생각과 견문을 넓히기 위해 책을 읽거나 여행을 떠난다. 책에는 위인들의 삶과 성공한 사람들의 축적된 경험, 또 어떻게 살아가는 것이 지혜롭고 합리적인 삶인가를 알려 주는 지표가 있다. 그리고 여행은 다른 나라 사람들이 사는 모습과 그 지역의 고유한 문화유산을 보고 배우며 아름다운 자연 환경을 관찰하면서 자기를 반성하고 더 발전된 생활의 계기를 만들 수 있다.

나는 평소 여행을 즐겨 다니는 편이다. 전 세계가 모두 몇 개국인가는 정확하게 파악할 수 없다고 한다. 다만 UN에는 200여 개국이 회원국으로 가입되어 있고 FIFA에는 204개의 국가가 가입되어 있으며, 세계은행은 지구상에 229개 나라가 있다고 발표하였고, 우리나라가 수출을 하는 나라는 224개국이라고 한다. 아무튼 약 200여 개의 나라가 있다고 가정할 때 아직 가본 나라보다는 안 가본 나라가 훨씬 많다는 결론이다.

여행은 주로 아내와 많이 다녔고, 그 중 몇 개국은 지인들과 함께 또 때로는 혼자 다니기도 했다. 나 역시 국내 여행이나 세계 여러 나라를 방문하면서 점점 견문이 넓어지고 생각이 커지지 않았나 싶다. 그 동안 다녔던 곳을 일일이 서술할 수는 없지만 그래도 기억에 남는 몇 곳을 정리해 보았다.

| 프랑스 |

프랑스의 노트르담 대성당은 1163년에 건설되기 시작하여 장장 170여 년의 공사 끝에 완공되었다. 주일 저녁 5시면 어김없이 파이프 오르간이 시작되는데 종교를 갖지 않은 사람이라도 잠시 종교 음악의 신성함에 숙연해진다. 성당 앞은 한 때 처형 장소로도 쓰였고 나폴레옹이 대관식을 거행하기도 했다.

9,000명을 수용할 수 있다는 대성당 안은 스테인드글라스가 멋있었다. '성당의 꽃' 이라고 할 수 있는 이 스테인드글라스의 북쪽의 것이 구약성서의 내용을 포함한 것으로 가장 유명하다. 오래된 건물이라 낡기는 했지만 지금도 견고하게 서 있는 성당을 보고 설계자와 건

사해에서 진흙을 바르고

축자의 기술에 경의를 표하기도 했다.

| 이스라엘 |

이스라엘의 예루살렘도 기억에 남는 곳이다. 예수님이 탄생하신 성지 예루살렘을 가는 길이라 마음이 몹시 설레었다. 십자가의 길도 가 보고 여러 곳을 둘러보았다. 그 중 '통곡의 벽' 이 인상적이었다. 솔로몬 왕은 예루살렘에 장엄하고 아름다운 성전을 세웠는데 그 후 성전은 전쟁 등으로 파괴되었으나 성전 서쪽의 옹벽 일부가 지금도 남아 있다.

예수님이 죽은 이후 로마군은 예루살렘을 공격하여 많은 유대인을 죽였다. 그런데 이 비극을 지켜 본 성벽이 밤이 되면 통탄의 눈물을 흘렸다고 한다. 나도 통곡의 벽 앞에 서서 하느님의 말씀을 묵상하며 고개를 숙여 기도했다.

또 예수님 무덤에 가서 경건한 마음으로 기도를 하고 무덤 안에 놓인 돌에 입맞춤을 하였다.

| 이탈리아 |

내 종교가 가톨릭이라서 그런지 이탈리아에서는 바티칸성당이 가장 기억에 남았다.

나는 숙연한 마음으로 하느님께 기도를 하고 가톨릭의 대성전에 오게 해 주신 하느님께 감사하며 바티칸성당(SAN PIERTRO) 청동문을 지나 안으로 들어갔다. 오른쪽에 미켈란젤로의 걸작 '피에타상'이 보인다. 1499년 미켈란젤로가 25살 되던 해에 제작한 작품이다. 또 안으로 들어가서 오른쪽, 돔의 바로 앞에 있는 것이 청동제의 성 피에트로상인데 이 동상은 방문객과 신자들이 하도 키스를 해서 반짝거릴 정도였다.

로마 바티칸 대성당 앞에서

바티칸성당 앞에는 40만 명의 신자가 모일 수 있는 대규모 바티칸 광장(PIAZZA SAN PIETRO)이 있었다. 세계에서 가장 아름다운 광장으로 알려진 이곳에서는 매주 주일날 정오에 교황이 나와 시민들에게 축복을 내리는데 그 때마다 교황의 모습을 보려는 신도와 관광객들이 빽빽이 들어찬다.

또 바티칸 박물관의 최고의 걸작품 천지창조는 두고두고 기억에 남는다. 1508년 교황 율리우스 2세는 미켈란젤로에게 시스티나성당의 천정화 그리는 일을 맡겼다. 미켈란젤로는 4년 동안 사람들의 출입을 통제하고 천장 밑에 세운 작업대에 앉아 고개를 뒤로 젖힌 채 천장에 그림을 그렸다고 한다.

그림은 세상의 마지막 날, 나팔소리와 함께 예수가 최후의 심판을 위해 재림하는데 하느님을 믿는 자는 부활하고 이를 믿지 않는 자는 지옥에 떨어지는 장면을 그리고 있다. 그림 속에 그려진 인물은 391명이라고 한다. 도저히 사람이 그린 그림이라고는 믿기 어려울 정도로 감동을 주는 작품이었다.

| 이집트 |

이집트는 역시 피라미드가 가장 인상적이었다. 사람의 손으로 만들어진 세계 최대의 건조물은 단연 피라미드일 것이다. 이집트 전체에서 발견된 피라미드는 약 94개에 달하는데 그중 가장 대표적인 것은 기자지역에 있는 쿠프왕의 피라미드이다. 이 피라미드는 세계 7

이집트 피라미드 앞에서

대 불가사의 중 하나에 속하기도 한다.

사용한 돌은 230만 개에서 268만 개로 추정하고 있는데 대부분 2.5t 내지 10t의 화강암으로 구성되었다. 화강암은 카이로 남쪽 850km 떨어진 아스완에서 나일강을 통하여 운반해 왔다고 한다.

이집트 사막에서 낙타를 타고

그런데 아무리 생각해도 내 머리로는 이해가 가지 않았다. 지금처럼 여러 가지 장비가 있었던 시기도 아닌 기원 전

2700년경에, 그 큰 돌을 어떻게 운반했으며 또 쌓기는 어떻게 쌓았는지 그야말로 불가사의한 일이 아닐 수 없다.

| 그리스 |

그리스하면 제일 먼저 생각나는 것이 올림픽의 발상지라는 사실이다. 원래 올림픽 경기는 고대 그리스인들이 제우스신에게 바치는 제전경기(祭典競技)의 하나로, 종교 · 예술 · 군사훈련 등이 삼위일체를 이룬 헬레니즘 문화의 화려하고도 찬란한 결정체였다.

이 제전은 4년마다 8월 6일부터 9월 19일까지 개최되었는데, 경기가 개최되었던 간격인 4년마다 표준시가 조정되어질 만큼 그리스인들의 생활에서 중요한 위치를 차지했다.

고대 올림픽이 언제부터 시작되었는지 정확히 고증되지는 않고 있지만 BC 776년 앨리스 출신의 코로 에부스가 스타디온 달리기에서 우승했다는 문헌상의 기록을 근거로 통상 이때를 올림피아의 원년으로 본다. 이후 1,200여 년 동안 계속되다가 그리스가 로마인의 지배를 받으면서 몰락의 길로 접어들었다.

근대 올림픽의 부활은 1896년 유서 깊은 아테네(Athenae)에서 다시 개최되었고 오늘날에 이르렀다. 고대에는 올림픽이 열리는 기간에는 선수와 참관인의 왕래를 돕기 위해 일체의 전쟁행위까지 중단하였으며 이로 인해 올림픽은 평화를 상징하였다.

나는 근대올림픽이 열렸던 메인 스타디움을 둘러보며 그 웅장함과 타원형으로 된 관람석이 온통 대리석으로 만들어져 있는 것을 보고 놀랐다. 특히 기억에 남는 것은 올림픽 스타디움 안에 BC 776년경에 세워진 남자의 나체 석상이었다.

이 석상을 자세히 살펴보면 운동장을 외면한 젊은 남자상은 성기가 축 처져 있고 운동장을 바라보고 있는 노인 남자상은 힘차게 뻗은 성기를 드러내며 젊음을 과시하고 있는데 이는 운동과 정력의 관계를 잘 말해 주고 있다. 즉 젊은이라도 운동을 게을리 하면 노인만 못하고, 아무리 나이가 들었을지라도 운동으로 몸을 잘 가꾸면 젊은 사람 부럽지 않다는 의미를 담고 있는 것이다.

아마도 이 작품은 운동이 건강에 도움을 줄 뿐만 아니라 남성의 정력과도 깊은 연관이 있음을 석상을 통해 말해 주고 있는 것이라는 생각이 든다. 특히 요즘처럼 운동은 뒷전이고 그저 정력에 좋다면 온갖 징그러운 벌레까지 용감하게(?) 먹어대는 세태에 경종을 울리는 메

그리스 아테네 올림픽 메인스타디움의 남성나체상 옆에서

시지가 아닌가 싶다.

| 스웨덴 |

2만 4000여 개 섬으로 이루어져 있는 스웨덴은 유인도부터 무인도까지 크기가 다양한 섬들이 어우러져 구성되어 있다.

스웨덴 수도인 스톡홀름만 하더라도 14개 섬이 다리로 연결되어 있는 실정이다. 스웨덴을 돌아보며 생각한 것은 사회민주주의가 발달한 나라로서 세금이 과다하다는 점이다. 그러나 사회보장제도는 철저하게 보장되어 있는 나라이다.

또 스웨덴은 여자가 살기 좋은 나라이기도 하다. 왜냐하면 여자한테 욕설을 하거나 약간의 폭행을 하면 곧 이혼 대상인데 이혼 후 양육권이 여자에게 있어 능력이 없는 사람은 재혼이 불가능하기 때문

스웨덴 항구에서 호화 유람선을 등지고

이다. 그래서 스웨덴은 부부동반으로는 가지 말아야 할 국가라고 말해 주변 사람들이 웃기도 했다.

| 중국 |

내가 중국을 방문한 것은 1994년도였다.

먼저 상해 임시정부가 있던 곳을 방문했다. 그곳은 건물 일부만 남아 있었는데 그 당시 조국의 독립을 위해 몸 바쳐 투쟁한 독립투사들이 머리를 스치고 지나갔다.

상해 임시정부 대통령이었던 이승만 박사, 김구 선생님, 윤봉길

중국 만리장성 앞에서 장군 유니폼을 입고

백두산 정상에서 대한민국 만세를 외치며

의사 등 선열을 생각하며 머리를 숙여 그 분들의 명복을 빌었다.

서안에서 본 병마용과 진시황릉도 인상적이었다. 진시황을 지키기 위해 부장물로 제작된 석기용사들이 수천에 이를 정도로 전시된 곳이다. 그러나 정작 진시황릉은 도굴꾼으로부터 보호하기 위해 수은막으로 처리하여 아직 발굴이 불가능하다고 했다. 또 양귀비가 황제와 함께 목욕을 즐겼다는 화청지도 둘러보았다.

만리장성은 그 많은 돌을 운반하여 쌓은 것도 대단한 역사지만 그 규모의 웅대함에 놀랐으며, 얼마나 많은 백성들의 희생 속에 피와 땀으로 얼룩진 작품인가 하는 생각이 들었다.

그러나 무엇보다 가장 기억에 남는 것은 연변을 통해 방문한 백두산 천지였다. 날씨가 맑아서 다행히 천지를 볼 수 있었다. 천지에 다다른 순간, 해발 2,774m 산꼭대기에 이렇게 엄청난 천지가 있다는 사실이 신비스러웠고 우리나라의 기상이 가히 이곳에서 발원한다는 말이 실감났다.

나는 나도 모르게 감격하여 '대한민국 만세' 를 세 번 외쳤다. 함께 방문한 사람들도 깜짝 놀랐고, 혹시 공안요원이 잡으러 오지 않을까 노심초사하는 표정이었다.

전두환 전 대통령과 산행을 하다

전두환 전 대통령이 음성에 동료들을 대동하고 산행을 온 적이 있었다. 대형 버스에 탄 사람은 40여 명의 대가족이었다. 나와 음성군수 등 지역주민이 영접하고 함께 산행을 했다.

산행을 마치고 전두환 전 대통령 일행들과 함께 오찬을 함께 했다. 대통령직을 그만 두었어도 그에게는 나름대로의 카리스마가 있어서인지 따르는 사람들이 많았다. 전 각료 출신, 장성 등 당시 고위직에 있었던, 이름만 대면 알 만한 사람들이 대거 동행했다.

우리나라 과거의 역대 통치자들은 허물을 거론하기는 쉬워도 공정하게 객관적으로 공적을 인정하기가 어려운 것이 한국 사회의 아쉬운 풍토이다.

전두환 대통령이 무리하게 집권한 것은 사실이다. 그러나 객관적으로 재임 기간 동안 경제적 물가안정을 이루고 대미수출의 흑자를 이룬 것은 잘했다고 생각한다.

퇴임 이후 전두환 전 대통령의 업적으로 가장 손꼽는 것이 '80년대 경제성장률 세계 1위', '88올림픽 유치', '한강치수사업', '사회안정' 등임을 볼 때 그가 경제에 꽤 신경을 썼다는 사실을 알 수 있다.

물론 퇴임 후에 그는 백담사로 유배를 갔고 감옥에도 다녀오는 수모를 겪었다. 당시 국민들은 박정희 대통령의 경우와 비교해 과연 그가 7년 단임을 끝내고 평화적으로 정권을 넘겨줄 것인가 반신반의했고 나 역시 그렇게 생각했었다. 그러나 그는 다행히 국민과의 약속을 지켰다.

전두환 전대통령과 산행을 하며 담소하는 모습

만약 그가 권력에 집착하여 평화적 정권교체에 대한 국민적 열망을 이해하지 못하였다면, 7년 단임은 불가능한 일이었다. 그런 차원에서 그는 분명히 역사적 소명의식이 있는 현명한 지도자였다는 생각을 한다.

술좌석에서 그는 좌중에 앉은 사람의 이름을 일일이 부르며 술을 권했고, 또 되

받은 술은 사양하지 않고 마셨다. 두주불사였다.

전두환 전 대통령 부부가 나란히 앉고 그 맞은편에 내가 앉았다. 한 번 인사를 하며 이름을 말했는데 내 이름을 기억하고 있었다.

"안병일 의장님, 만나서 반갑습니다. 평생 동안 농촌을 위해 애쓰셨고 열심히 일하셨다고 들었습니다. 제 술 한 잔 받으십시오."

가까이에서 본 전두환 대통령은 꽤 소탈한 분이었다.

"이렇게 가까이에서 뵈니 참 좋습니다. 제가 통대의원을 할 때 전 대통령을 선출했습니다. 그리고 청와대로 초청해 주셔서 오찬에도 참석했습니다. 앞으로 종종 만나 뵙고 친구처럼 지내면 좋겠습니다."

내가 말하자 옆에 앉은 이순자 여사가 한 마디 거들었다.

"제가 보기에는 안 의장님이 연세가 더 적으신 것 같으니 친구처럼은 아니고 형님 동생으로 지내셔야겠네요."

전두환 전 대통령은 1931년생이고 나는 1934년생이니 이순자 여사의 말이 틀린 말은 아니었기에 좌중이 모두 그 말이 맞는다고 맞장구를 치며 한바탕 웃었던 기억이 난다.

산행을 마치고 난 다음 날 아침, 우리 집으로 한 남자가 화랑술 두 박스를 가지고 찾아와 "전두환 전 대통령께서 보내신 선물입니다" 하는 것이었다. 특별히 잘 해 드린 것도 없는데 선물까지 보내주시니 너무 고마웠다. 그 화랑술은 경로당에서 동네 어르신들과 기분 좋게 마시며 전두환 전 대통령의 멋진 의리에 감격한 기억이 난다.

마음을 즐겁게 하고 부지런히 일하라

퇴직한 이후 시간이 많아서 나는 책을 읽기 시작했다. 급한 내 성격을 좀 차분하게 만들고도 싶었고 그동안 너무 밖으로만 다녔으니 이제 좀 진득하게 책상 앞에 앉아 있고도 싶었다. 역시 책에는 얻을 점이 많았다. 그 중 토머스 칼라힐의 일화를 읽고 좋은 글이 있기에 옮겨 본다.

"도대체 인생은 무엇이며, 인생의 보람은 무엇입니까?"

영국 초등학교의 한 여선생이 대학자이며 철학자인 토머스 칼라힐에게 짧은 편지를 보냈다. 며칠 뒤 회답이 왔는데 유명한 학자의 편지치고는 너무 짧고 평범한 내용의 메시지였다.

'오늘을 사랑하시오. 어제의 미련을 버리시오. 오지도 않은 내일을 걱정하지 마시오. 우리의 삶은 오늘의 연속입니다. 오늘이 30번 모여 한 달이 되고, 오늘이 365번 모여 일 년이 되고, 오늘이 3만 번 모여 일생이 됩니다. 당신은 먼저 아침에 일찍 일어나 마당을 청소하시오. 그리고 방을 정돈하고 신선한 공기를 방에 들이시오. 또 잠을 충분히 자고 마음을 즐겁게 하면서 부지런히 일하시오. 이것이 인생문제를 해결하는 비결이며 보람 있는 삶이기도 합니다.'

여선생은 철학자의 답변에 실망했으나 며칠 동안 만이라도 그의 말을 실천해 보기로 했다. 편지에 쓰인 대로 아침에 일찍 일어나 마당을 청소하면서 하루를 열었다. 그리고 방을 정돈하고 잠도 충분히 잤으며 마음을 즐겁게 하면서 부지런히 생활했다.

몇 달 후 그녀의 삶에 커다란 변화가 일어났다. 어느새 긍정적인 생각으로 사물을 받아들이게 된 그녀는 생활 자체가 즐거워졌고 그 어느 때보다 활기차게 생활하고 있었던 것이다.

나는 노학자 칼라힐에게 어떻게 사는 것이 보람 있게 사는 것이냐고 편지를 쓴 적도, 답을 받은 적도 없다. 그러나 어쩐지 그의 삶의 방식은 나와 닮았다는 생각이 든다. 나 역시 마음을 즐겁게 하면서 부지런히 일하는 것을 천직으로 삼고 살아왔기 때문이다.

게다가 워낙 일을 좋아해서인지 아니면 일복을 타고나서인지 그동안 내가 쓴 감투 중에 90% 이상은 처음 만들거나 새로 시작하는 것이었다.

여러 가지 큰 수술을 이겨내고

2012년 봄, 30여 년 동안 살던 집을 새로 짓기 위해 집을 헐었다. 막상 집을 헐고 보니 아버님 어머님의 숨결을 간직했던 집이어서인지 허전한 생각도 들고 마음이 심란했다.

집을 짓는 동안 집안 살림을 모두 다른 곳으로 옮겨야 했기에 집근처 경로당으로 임시 거처를 옮겼다. 이 경로당은 아버님이 200여 평 대지를 부락에 희사하고 자금은 내가 음성군 제 4대 의회 의장 재직시 군에서 민간보조로 1억 원을 지원받아 건축한 45평 규모의 마을 경로당이다.

지금도 그렇지만 나는 짬을 내서 하루도 빼놓지 않고 마을 앞 내 농장을 돌며 운동을 했다. 그러나 날이 좋지 않으면 운동을 하지 못했는데 그런 날은 거실에서라도 이쪽 끝에서 저쪽 끝까지 수십 번을 걸어서 운동을 하고는 했다. 그날도 운동을 나가지 못했기에 경로당 안에서 아내와 함께 운동 삼아 걸었다.

아내는 텔레비전을 보며 천천히 걸었는데 나는 무슨 생각에 그렇게 빠르게 걸었는지, 급하게 걷다가 그만 미끄러지고 말았다. 하필이면 쓰러지면서 머리를 다쳐 의식을 잃었다. 뇌진탕이었다. 만약 아내가 곁에 없었다면 나는 그때 죽었을지도 모른다. 놀란 아내는 넷째 민헌이에게 전화를 걸었고 한걸음에 달려온 아들은 119를 타고 와 나를 싣고 청주 성모병원으로 갔다.

일단 응급치료를 받고 다음날 날이 밝는 대로 서울삼성병원 중환자실로 옮겼다. 초음파와 엑스레이, MRI를 찍어 보았는데 넘어지는 바람에 뇌진탕으로 피가 고여 있을 뿐 수술까지는 할 필요가 없다는 의사의 진단에 피를 제거하는 치료를 받았다.

신기술이었으나 나이가 있어서인지 회복이 빨리 되지 않았다. 그렇게 20여 일 동안 사경을 헤매는데 오웅진 신부님이 오셔서 기도를 해 주시고 기적적으로 의식이 회복되었다. 며칠 후 일반 병동으로 옮겨서 재활치료를 받고 퇴원하였다.

집으로 돌아와 청주 효성병원에서 재활치료를 꾸준히 받았다. 다행히 시간이 흐르자 걷는 것도 조금씩 나아졌다. 아침저녁으로 1시간씩 하루에 두 시간씩 두 달 정도를 걸으니까 점점 좋아져서 퇴원을 하게 되었다.

퇴원 후에도 집에서 꾸준히 걸으면서 몸을 만들었더니 건강이 차차 회복되었다. 당시 내가 쓰러졌다는 소식을 듣고 많은 사람들이 나를 걱정해 주었다. 가족은 물론이요 동네 사람들을 비롯해서 나를 아끼고 사랑하는 사람이 정말 많다는 것을 느꼈다. 지금 생각해도 그분들이 정말 고맙고 감사하다.

그로부터 얼마 후 삼성서울병원으로 정기 건강검진을 갔다. 평소 순환기내과 박정의 교수에게 검진을 받는데 그날따라 박 교수가 고개를 갸웃거리더니 걱정스러운 말투로 조심스럽게 말했다. 아무래도 심장 대동맥의 판막이 좁아져서 판막수술을 해야 한다는 것이었다.

나이가 든 후로 순환기가 별로 좋지 않아서 정기검사를 받고 약을 먹기는 했어도 그동안 건강관리를 꾸준히 잘해서 혈압이 120에 70, 어떨 때는 130에 70으로 정상이었다. 지난 30여 년간 약을 먹으면서 관리를 잘했기에 피순환이 참 좋다는 박 교수의 칭찬을 듣기도 했다.

그런데 갑자기 상태가 많이 안 좋아졌다는 것이다. 정밀 검사결과 심장대동맥 판막이 0.6인가 나왔는데 아무래도 수술을 받아야 할 것 같다고 했다.

보다 정밀한 검사를 받기 위해 그 분야의 전문가인 박표원 교수에게 다시 진료를 받았다. 진단 결과 박 교수는 당장 심장수술을 하고 대동맥 판막 이식수술을 해야 한다고 말했다. 수술은 하루라도 빨리 해야 좋다고 종용했다.

그런데 막상 수술을 한다는 것이 겁도 나고 썩 내키지 않아서 결정을 내리지 못하고 있는데 막내아들도 수술하는 것을 반대하였다. 왜냐하면 나이도 많고 만에 하나 수술을 하다가 잘못 되면 더 큰일이기 때문이었다.

"선생님, 만약에 수술을 하지 않으면 얼마나 더 살 수 있습니까?"

나는 어떻게든 수술을 하지 않았으면 하는 생각으로 물어보았다.

"정확하지는 않지만 제 소견으로는 수술을 하지 않으시면 2년 안에 큰일을 치르실 수 있습니다. 확률은 50대 50입니다."

확률은 반반이었다. 그러나 내 생각에 당장 아프고 통증을 느끼는 것도 아니어서 수술을 받지 않고 견디어보기로 했다. 그렇게 2년 동안 수술을 하지 않고 시간을 보냈다. 그런데 2년이 지날 무렵 어느 날부터 갑자기 걷거나 운동을 하면 가슴 부위가 좀 이상하고 숨이 차고 불편했다. 아무래도 수술을 해야 하나? 하는 생각이 들었다. 여기저기 알아보니 담당교수인 박 교수가 그동안 심장 판막 수술을 한 환자가 500여 명에 이르는데 그 중 90% 이상이 성공했다는 것이었다.

나는 현대의학과 박 교수를 믿고 수술하기로 결심했다. 혹시 마지막일지도 모른다는 마음으로 수술대에 누웠다. 시간이 마치 정지해 버린 것처럼 아주 오랜 시간이 흐른 것 같았다. 8시간의 수술 끝에 정신을 차려보니 식구들이 문병을 와 심장판막 수술이 성공적으로 잘 되었다고 말해 주었다.

실제로 수술을 마친 지 벌써 3년이 지났는데 아직 정상적인 생활을 하고 있다. 경제성장과 함께 우리나라 의료 수준도 선진국에 도달

했구나, 하는 생각과 그야말로 현대의학의 발달이 참 놀랍다는 생각이 들었다.

그리고 1년이 또 빠르게 지나갔다. 그런데 어느 순간부터 가끔씩 머리가 아프고 기억력도 뚝 떨어지는 느낌이 들었다. 그래서 다시 삼성서울병원 신경외과 담당교수의 정밀검사를 받기로 하고 초음파검사와 엑스레이를 찍었다.

결과는 우측 경동맥이 90%가 막히고 10%만 살아 있어서 막힌 부분을 뚫어야 한다고 했다. 2년 전에도 이 수술을 하자고 권했지만 괜찮은 것 같아서 하지 않고 있었다. 그런데 기억력이 자꾸 떨어지고 치매에 가까운 이상한 증세도 느껴졌다.

다시 삼성병원 신경외과 담당 의사에게 경동맥 수술을 받았다. 수술은 역시 성공적으로 끝났다. 지금 수술을 한 지가 7~8개월 정도 지났는데 언제 수술을 했는가 싶게 건강하게 생활하고 있다. 수술을 한 뒤에 들었는데 이 수술은 혈관을 열어서 막힌 부분을 긁어내고 다시 꿰매야 하는 어려운 수술이었다. 더군다나 수술 시간은 10분 안에 끝내야 한다고 했다. 마취는 8시간 후 풀렸지만 현대의학의 위대함을 다시금 알게 한 수술이었다.

기적의 현장

나는 평소에도 아침저녁으로 1시간씩 걸어서 건강관리를 하고 있다. 지난 2011년, 실내에서 급히 걷다가 심하게 넘어져 뇌진탕으로 입원가료를 받은 병력이 있어 그날 이후 자전거는 덜 타고 걷기를 많이 했다. 서울에서 이롬치과를 경영하고 있는 큰아들 홍헌이는 내 건강을 염려하여 말했다.

"아버지, 걷는 운동은 좋지만 자전거는 위험하니까 타시지 마세요."

그런데 하루는 오랜만에 자전거를 꺼내서 타 보니 탈 만하여 농장을 한 바퀴 돌았다. 그리고 집으로 오는 길에 봉암마을 샛터 앞길 2차선 큰 도로에서 큰 사고가 난 것이다. 자전거 페달을 급히 밟은 것도 아니고 보통으로 달렸는데 왜 넓은 길을 두고 하필이면 갓길 쪽으로 갔는지, "아이쿠 넘어지네" 하고 비명을 지르고는 그만 정신을 잃었다.

정신을 차리고 보니 콘크리트 용수로 바닥에 내 몸이 거꾸로 처박혀 있었다. 몸을 움직여 보니 아픈 데는 없었으나 좁은 용수로 공간에 자전거가 달리던 방향으로 반듯하게 서 있었다. 나와 자전거가 함께 있어 머리를 들고 일어나려고 애를 썼으나 힘만 들고 빠져 나오기가 어려웠다.

이리저리 몸을 움직여 가까스로 머리를 들고 자전거를 짚고 일어났다. 그제야 살았구나 하는 생각에 다친 곳이 없는지 몸을 여기저기 만지고 움직여 보았다. 그런데 어디 한 군데 부러진 곳도 없고 아픈 데도 없이 멀쩡했다. 참 신기했다. 그 높은 경사로에서 자전거와 함께 굴러 떨어졌는데 몇 번을 굴렀는지 본 사람도 없고 넘어지는 순간에도 자전거 핸들은 꼭 붙잡고 놓치지 않았던 듯하다.

그래도 그렇지, 그 높은 곳에서 굴러 용수로 콘크리트 바닥에 머리가 거꾸로 처박혔는데 다친 곳 없이 살았다는 것을 깨닫는 순간 온몸에 화끈 열이 올랐다. 마치 보이지 않는 손이 내 머리와 몸을 붙들어 주셔서, 내가 섬기는 하느님이 살려주신 게 분명하다는 생각이 들었다.

"하느님 살려주셔서 감사합니다. 아멘."

나는 소리 내어 기도를 드렸다.

다음 날 자를 가지고 다시 그 현장을 찾아갔다. 길에서 용수로 바

닥까지 거리를 재어 보니 4미터가 조금 넘고 경사도는 80도 정도의 절벽이었다. 아무리 생각해도 신기하고 기적과도 같은 일이었다. 나는 그날 나를 태우고 달렸던 자전거를 잘 보관하고 있는데 이 자전거를 길이 보존할 생각이다.

그로부터 며칠 후 내가 다니는 맹동 천주교성당의 신부님을 찾아가 전후사실을 말씀드리고 기적이 있다는 것을 알렸다. 그리고 그 장소에 '기적의 현장' 이라는 표석을 세우기로 하고 작은 돌을 깎아 표석을 세웠다. 표석의 내용은 다음과 같다.

80노구에 자전거를 타고 가다 넘어져 4M 아래 절벽 밑으로 굴러 용수로 콘크리트 바닥에 머리가 거꾸로 처박혔으나 다친 곳이 없이 안전하여 주님께 감사드린다. 아멘. 2011년 4월 30일 안병일 마테오.

얼마 후 표석 옆을 지나는데 마을 이장 정일헌과 정찬헌 등 마을사람 4~5명이 그곳을 지나다가 표석을 읽어보며 놀란 표정으로 서 있었다. 그 중에 정찬헌이 나에게 물었다.

"아저씨 혹시 꿈꾼 거 아니세요? 아니 이렇게 높은 절벽 아래로 자전거와 함께 굴러떨어져 용수로 콘크리트 바닥에 거꾸로 처박혔는데 한 곳도 다친 데 없이 멀쩡하세요?"

나는 사람들을 보며 싱긋 웃었다. 나 역시 이 모든 일들이 거짓말처럼 느껴진다. 기적이 아니면 이렇게 말도 안 되는 일이 일어날 리가 없기 때문이다.

그러나 지금도 그날을 돌이켜보면 내가 83세의 나이에 아직 건강을 유지하면서 생활하고, 남은 인생을 주님 섬기고 불우한 이웃을 돕고 또 사회공헌도 하면서 살아가라는 주님의 계시인 것 같다는 생각이 든다.

회혼례(回婚禮)

–한평생 나를 내조한 아내에게 진심으로 감사해

우리 자식들은 일찍이 아버지 어머니 결혼 50주년을 맞아 청주 라마다호텔 직지홀에서 금혼식(金婚式)을 해 주었다.

우리가 결혼할 당시의 모습을 재현하였는데 나는 사모관대하고 가마 타고 신랑입장을 하였으며, 아내는 족두리를 쓰고 연지곤지를 찍고 가마 타고 신부입장을 하였다. 서로 맞절을 하고 옛날 우리가 결혼했던 그 모습 그대로 재현하여 관객들의 열화와 같은 박수갈채를 받았다.

이날의 행사는 우리 내외의 가슴에 뜨거운 감명을 주었으며 감개가 무량했다. 물론 경비도 많이 나왔지만 자식 6남매가 능력껏 부담하였다.

이어 자서전《나는 축복 받은 사람》출판기념회가 열렸는데 음성군수 박수광 씨를 비롯한 군단위 기관장, 꽃동네 창설자이신 오웅진 신부님, 그 외 각계각층의 인사들과 나의 학교 동창들 500여 명이 대거 참석한 기념회였다.

당시 내가 음성군의회 4대 후반기 의장 73세로 정계은퇴를 앞두고 열었던 행사였다. 연예인들의 노래와 춤, 품바공연 등 다채로운 행사로 흥겨운 잔치를 베풀어 하객이 즐겁고 재미있는 시간을 보냈다. 참으로 감사한 행사였다.

그 뒤 세월이 흘러 10년이 지났고 이제 결혼 60주년인 회혼례(回婚禮)를 맞이하였다. 나는 23세, 처는 21세로 처가 마당에서 차일치고 구식으로 결혼식을 올리며 나는 천지신명께 내 아내를 내 몸같이 아끼고 사랑하며 한평생 행복하게 살겠다고 다짐했다.

살다 보니 세월이 빨라 벌써 결혼 60주년이 된 것이다. 5남 1녀, 6남매가 모두 성년이 되고 손자 손녀가 13명인데 아들 없는 자녀가 하나도 없이 공평하게 낳았다.

큰손자 중진이는 국립 전북대학교 의학전문대학원에 재학 중이며, 둘째 손자 중현이는 국립 부산대학교 치의학전문대학원에 재학 중이다. 손자 손녀 모두 건강하며 공부를 잘해 우리 내외를 늘 기쁘게 해 준다.

자식 6남매는 나와 아내의 회혼례를 축하해 주려고 2016년도 최신형 자동차 벤츠를 선물로 사주었다. 6남매가 똑같이 돈을 내서 구입한 차이기에 더욱 뜻 깊고 감사하다.

자식을 키우며 잘 먹이지도 못하고 가르칠 때 용돈도 남들처럼 제대로 못주고 고생을 많이 시키며 공부했는데 부모한테 이렇게 잘하는 자식이 어디 또 있을까?

우리 자식 6남매는 한결같이 효성이 지극한 효자효녀들이다. 나는 이제 살날이 얼마 남지 않았다. 남은 시간을 어떻게 살아야 할까 생각이 많다. 마음을 비우고 우리 내외가 믿는 하느님을 성심으로 섬기며 신앙생활에 충실하고 싶다. 또 나를 만나 어린 나이에 시집와서 양친 시부모님을 잘 섬겨 대한노인회로부터 효부상을 수상한 효부 아내, 6남매 맏이로 시동생을 뒷바라지하고 내가 15번의 선거에 연전연승하도록 내조했으며 성급하고 소리 잘 지르고 때로는 과격하기도 했지만 그래도 남편을 하늘처럼 섬기며 아무 탈 없이 건강하게 살아준 아내를 위해 내가 할 수 있는 것을 다 해 주고 싶다.

이 글을 통해 아내에게 그간 참 고생 많이 했다고, 마음 깊은 곳에서 우러나는 고맙다는 말을 전하고 싶다. 앞으로 건강이 허락하는 한 아내와 함께 국내외 여행을 즐기는 한 편 불우한 이웃도 돕고 베풀며 살고 싶다.

생가 보존과 파랑새 기금

우리 집은 50여 호가 사는 큰 마을 중심지에 자리 잡고 있다. 뒤로는 산이 병풍처럼 둘러있고 앞으로는 넓은 들판이 있는데 그 가운데로 시냇물이 연중 흐르는 전형적인 아름다운 농촌마을이다.

우리 집 바로 옆에는 우리 부모님이 경로당 부지로 마을에 기증하신 200평의 대지에 내가 2006년 음성군 제4대 의회 후반기 의장 재직 시에 군비 민간 보조로 1억 원을 지원받아 건축한 45평 의 경로당이 있고 그 앞에는 자손들의 정성과 부락주민들의 성금으로 마을 사람들이 세워주신 우리 부모님의 보은송덕비가 있다.

그 옆에는 보건진료소가 있어서 생활하기에 편리한 위치에 우리 집이 자리 잡고 있다. 이 집터에서 우리 부모님이 사시다 운명하셨고 우리 내외가 결혼 60주년 회혼례 잔치(2016년 10월 30일)를 하도록 건강히 살고 있으며, 자식들 5남 1녀 6남매가 탈 없이 살아온 유서 깊은 집이다.

나는 1950년대 보릿고개 시절, 우리 마을에서 제일 먼저 4년제 대학을 졸업하고 학사학위와 고등학교 2급 정교사 자격증 다 966호를 받았다. 나는 대학에 다닐 때 향죽(鄕竹)이라는 농촌계몽 동아리를 만들고 회장이 되어 배동식(고인), 김기옥 등 4~5명이 여름방학을 이용해서 낮에는 분무기를 등에 메고 변소와 하수구에 소독을 해주고 밤에는 배동식의 구슬픈 퉁소소리에 맞춰 노래를 불렀다.

나는 당시 "농민들이 왜 못사는가? 우리도 과학영농과 생활을 개선하면 잘 살 수 있다"는 열변을 토로하며 농촌계몽운동을 한 기억이 난다.

나는 대학을 졸업한 후 중학교에 진학하지 못한 청소년을 위해 정부에서 교외 교육의 일환으로 지덕노체 4H구락부를 장려, 과학영농 생활개선을 지도하는 것을 보고 이것이 농촌계몽운동과 맥을 같이 한다고 생각하여 회원 겸 지도자로 활동을 하였다.

이후 1961년 음성군 4H 농촌지도자 연합회를 조직하고 회장에 선출되어 이규덕 소장님과 정길영 지도사와 함께 무보수로 직원처럼 밤낮없이 자전거를 타고 다니며 열성적으로 4H활동에 앞장섰다.

1962년 충청북도 4H 농촌지도자연합회 창립에 앞장서 초대회장에 선출된 나는 자전거를 타고 청주시 복대동에 있는 농촌진흥원을 왕래하며 열심히 뛰었다. 한충구 진흥원장님의 적극적인 지원으로 날로 발전하는 4H운동이 전국에서 가장 앞서가는 4H를 만드는 데 성공했다.

당해 연도 10월 충청북도 4H경진대회가 도청 대강당에서 개최되었다. 각 시군 경진대회에서 표창 받은 회원과 우수 지도자들이 참석하고 도지사를 비롯하여 각 시장, 군수, 유관기관장 등 500여 명이 강당을 꽉 메운 가운데 개회식이 열렸다.

도지사의 인사 말씀에 이어 4H 농촌지도자 연합회장인 내가 등단하여 "4H이념에 대한 설명과 4H활동을 하며 배운 과학영농과 생활개선운동을 생활화 하면 우리도 잘 살 수 있다"는 연설이 끝나자 참석자들의 열화와 같은 박수갈채가 쏟아졌다. 참으로 감개무량했다.

1969년도 봄에 나는 농촌운동의 일환으로 전국에서 제일 먼저 각 리 · 동의 명목상의 농협을 통합하여 면단위 농협을 만들고 창립총회에서 초대조합장에 선출되어 맨주먹, 그야말로 종이 한 장을 가지고 업무를 시작했다.

초창기 무보수 조합장으로 7선을 하며 자립조합을 만들겠다는 확고한 신념 위에 최선의 노력을 다하면 반드시 자립조합이 될 것이라는 희망을 가지고 열심히 일했다. 그러나 경영면에서 워낙 약체 조합인 맹동농협은 자립이 불가능하니 인근의 금왕농협과 합병하라는 군조합 지시를 완강히 뿌리치고 벼 한 가마내기 출자운동과 조합원 전 이용운동, 인삼 포 1,000여 칸을 직영 사업으로 하였다. 그리고 그

수익금으로 창고 100평 2동을 건축하고 당시 통일벼를 다량보관, 수익금 증대로 자립조합을 만들었다.

이후 역경을 딛고 자립한 모범조합장에 선정되어 성공사례를 발표하였다. 그리고 농협과 정부에서 모범조합장 해외견학 기회가 있어 1982년 자유중국, 대만 등 선진농협을 견학하고 후진을 위해 조합장 자리를 물려주고 명예롭게 퇴임했다. 그 공로를 인정받아 전 조합원의 이름으로 만들어진 조합장 안병일 공적비가 맹동농협 앞에 우뚝 서있다. 조합원에게 이 자리를 빌어 감사의 인사를 드린다.

1973년에는 유신체제 통일주체국민회의 대의원에 입후보 당선되어 1~2대를 역임하면서 박정희 대통령의 새마을운동 중공업 육성으로 수출증대 국민소득향상, 경부고속도로 개통 등 조국 근대화에 참여했다는 자부심과 긍지를 갖고 있다.

1991년에는 지방자치제가 실시되어 군의원에 입후보하여 당선되고 초대의장에 선임되어 집행부를 감시 · 감독 견제하며 집행부와 의회가 쌍두마차처럼 조화롭게 운영, 군의회의 초석을 다졌다.

1995년도에 충청북도 제2대 교육위원에 입후보하여 당선되고 부의장에 선임되어 주입식 교육에서 열린 교육으로의 전환에 힘쓰고 교사들의 지적 수준 향상을 위하여 교육연수원 운영강화와 학생들의 면학분위기를 향상시키는 데 기여했다.

2002년에는 내 나이가 70이 다 되어 그간 못다 한 일이 하고 싶어 제 4대 군의원에 입후보하여 압도적 표차로 당선, 후반기 의장에 선임되었다.

그러나 초대의장 때 추진한 맹동산업단지가 허가가 나서 추진되던 중 IMF 사태로 무산되었다. 이후 십수 년 방치된 것을 정부에서 처음으로 실시하는 임대산업단지로 강준원 팀장과 함께 추진, 준공의 영광을 안고 준공식 날 군수, 도지사, 국회의원 등 각계 인사와 주민 다수가 참석한 준공식에서 맹동면민의 감사장을 박종학 이장협의회 회장을 통해 전수받고 감개무량함을 느꼈다.

2004년에는 충북 혁신도시를 맹동·두성지구에 유치하려고 박수광 음성군수와 머리를 맞대고 숙의하여 진천군 덕산면 두촌리와 공동으로 추진하는 게 좋겠다고 의견을 같이 하고 헬기를 타고 현장을 둘러보았다. 둘러보니 비산비야로 작업비가 덜 들겠고, 중부고속도로 진천 IC가 6~7분 거리에 있어 교통의 편리성을 들어 이곳에 신청하면 좋겠다는 생각에 함께 추진했는데 의원들이 왜 하필이면 음성에서 가장 작은 맹동이냐며 강력히 반발하여 한때 고심하기도 했다.

그러나 꿩 잡는 게 매라고 될 곳에 신청하자는 의장의 논리정연한 말에 의원들이 동의를 하여 맹동·두성지구로 음성군에서 신청하였는데 결국 음성·맹동·두성지구와 진천·덕산·두촌지구로 확정되어 내 의원생활 중에 멋진 활동을 했다고 생각된다.

2006년에는 결혼 50주년 금혼식과 《나는 축복 받은 사람》이라는 제목으로 자서전을 집필하였으며 청주시 라마다 호텔 직지홀에서 우리 내외 결혼 50주년 금혼식과 출판기념회를 겸해 잔치를 열었다.

음성군수 박수광, 꽃동네 창시자인 오웅진 신부님 등 각계각층 인사 500여 명이 지켜보는 가운데 행사를 성황리에 마쳤다.

이처럼 나는 내 고향 맹동, 음성, 충북 교육 발전에 미력하나마 기여하고, 43년이란 공직 생활 중 선거에 임해 15전 15승이란 신기록을 세우고 명예롭게 은퇴했다. 이 기간 나를 아끼고 사랑해 주신 모든 분들에게 감사의 인사를 드린다.

그리고 다시 세월이 10년이나 흘렀다. 2016년 10월 30일은 아내와 내가 결혼한 지 60년이 되어 회혼례를 치렀다. 그리고 자서전 《나는 축복 받은 사람》 이후 10년을 보충 정리하여 다시 《음성에 태어나서》를 출간하게 되었다.

나는 아들딸 5남 1녀를 낳아 모두 다 성장시켰다.

큰아들 홍헌이는 서울대 치과를 졸업한 후 치과의사로서 서울 서초구 서초동 교대역 4거리에서 이롬치과를 경영하고 있다. 큰아들은 정직하고 성실한 자세로 소득세 신고를 잘 하여 서초구 세무서장으로부터 모범납세자로 선정, 감사장을 받기도 했다.

둘째 승헌이는 내가 다닌 청주대학교를 졸업한 후 충북교육청 사무관으로 근무하고 있으며 쉬는 날이면 시골집에 자주 들러 잡일을 거들며 정원을 가꾸고 형제간 부자간 견해차로 분쟁이 생기면 발벗고 나서서 원만하게 처리, 가족간에 화평을 가져오게 하는 해결사이며 부모의 마음을 평안하게 하는 일등공신이다.

셋째 필헌이는 서울대학교 사범대학 대학원을 졸업, 인천 숭덕여고에서 교편을 잡고 있다.

넷째 민헌이는 음성소방서에서 팀장으로 근무하고 있으며, 근면하고 정의감이 강하고 성격이 급해 할 말은 하는 성품으로 우리 집 규율부장이다.

다섯째 명헌이는 충북대학교를 나와 명품 아웃도어 K2 청주 율량 복합점을 운영하고 있는데 기독교 신자이며 정직, 성실한 고객관리로 중부권에서 제일가는 모범 업체를 만들고 형제간에 베풀며 우애가 좋게 잘 살고 있다.

고명딸 덕순이는 대한의료보험공단 청주지사에서 차장으로 근무하고 있으며 착실한 성품에 포용력이 있어 장래가 축망된다. 또한 손자손녀 13명 중 손자 2명은 국립 대학교 의학전문대학원에 재학 중이며 2018년에 졸업 예정이다. 나머지 손자손녀들도 모두 각기 자기 분야에서 열심히 학업에 충실하고 있다.

이와 같이 우리 집은 훌륭하신 우리 부모님이 사셨으며, 우리 내외가 결혼 60주년 회혼례 잔치를 치르도록 건강하게 살고 있고, 자식들 6남매가 사회 각 분야에서 모범적인 동량으로 일하고 있다.

이렇게 나와 내 가족의 역사와 숨결이 있는 이 집을 제 삼자의 손에 넘겨서는 안 되겠다는 생각에 나는 이 집과 터를 영구보존하기 위해 자식들 동의를 얻어 5형제 앞으로 공동상속 후 등기를 필했다.

외국에 나가서 보면 큰 박물관도 많지만 살아생전 이름을 날리거나 예술가이거나 혹은 공적이 있는 사람들의 생가를 보전하는 작은 집들을 심심치 않게 볼 수 있다. 아직 우리나라에서는 이 같은 문화가 흔하지는 않지만 나는 우리 집을 잘 보전하여 후손들에게 남기고 싶다.

| 파랑새 |

우리 자식들 6남매는 파랑새라는 형제간 친목계를 조직해서 일정액을 매월 총무계좌에 자동이체로 입금하여 적립하고 필요시 인출, 사용하는데 주로 부모를 위해 생일, 어버이날, 명절, 해외여행 등에 지출하고 저희들 자녀가 상급학교 진학시 일정액을 축하금으로 지급한다. 참 취지가 좋은 친목계라고 생각한다.

이 책이 마무리되는 시점에서 내가 하고 싶은 말은 다음과 같다.

지금 우리가 사는 집은 너희들 집이다. 우리가 얼마나 더 살는지 모르겠지만 살날이 많지 않다. 아버지 어머니가 갖고 있는 노후자금을 아껴 쓰고 남는 돈은 너희들이 조직, 운영하는 파랑새에 물려줄 것이다.

너희들에게 간곡히 당부하고 싶은 것은 건강이 제일이다. 건강관리 잘들하고, 식구들 건강 잘 챙기고, 형제간에 우애 좋게 살며, 너희들 아버지 어머니처럼 건강하게 오래 살아 회혼례 잔치도 하고, 100세 시대에 백년해로하는 축복 받은 가정들이 되기를 기원한다.

생가보전에 관해서는 너희들이 잘 알아서 하겠지만 아버지 어머니 생각은 이러하다. 파랑새 친목계는 현재대로 운영하되 우리가 물려준 돈을 파랑새 기금에 합하여 생가보전에 필요한 관리비로 쓰고 너희들이 생가에 모여 어떠한 행사를 치를 경우 비용이 발생하면 기금에서 지출하라. 그리고 현재 아버지, 어머니의 건강이 매우 안 좋다. 오래 살지 못할 것 같아서 우리 노후자금으로 마련한 돈 생전에 못 다 쓰고 갈 것 같은 생각이 들어 너희들 자식들에게 학자금으로 주고 싶어 개인별 액수를 지정하니 참고하라. 홍헌이의 장자 중진, 차자 중현이에게는 2017년 졸업반 춘추 2회 등록금으로 2천만 원, 막내 중민이는 장자 중진이가 가르치고 결혼까지 시켰으면 한다.

승헌이 장자 중호는 5천만 원, 필헌이 장자 중원, 장녀 시내는 6천만 원, 민헌이 장자 중헌, 장녀 예진은 6천만 원, 덕순이 장녀 혜민은 2천만 원, 막내 명헌이 장자 중석, 장녀 혜진이는 아직 어리니까 2017년 1월부터 2021년 말까지 매월 200만 원씩 5년 만기 정기적금을 들어주겠다. 그간에 아버지 어머니가 세상을 하직할 시에는 나누어 주고 남겨진 돈에서 충당한다.

이 내용은 너희 어머니와 상의하고 합의본 아버지, 어머니의 유언이다. 이렇게 처리해 주면 우리가 하늘나라 갈 때 마음이 편안하겠다. 꼭 실천해 주기를 당부한다.

할아버지 할머니 제사는 생가에 모여 기도로 하고, 아버지 사후의 장례절차는 천주교식으로 하되 맹동성당 신부님께 먼저 알리고 의논하며, 오웅진 신부님께도 알리고, 많은 사람들에게 알리려 신경 쓰지 말고 조용히 일가친척에 알려 검소하게 장례를 치르도록 하라.

어머니 장례도 아버지처럼 천주교식으로 하되 절차는 아버지 때와 같이 하라. 그리고 아버지 어머니 제사도 생가에 모여 기도로 하라.

집도 크고 방도 넓어 너희들 6남매 모여도 침식이 가능하고 보일러만 하루 전에 틀면 되고 일 년에 정월 초하루, 가을 추석날도 생가에 모여 지내고 지금까지도 그랬지만 각 가정마다 특색 있는 음식을 장만해 가지고 와서 나누어 먹고 놀다 가면 얼마나 좋겠니?

생가에 들르면 할아버지 할머니 보은송덕비도 살펴보고, 잡초도 있으면 뽑고, 아버지가 설립한 영일장학회도 잘 운영되는지 챙겨보고, 매년 12월 20일경 부락 대동계 날 맨 먼저 영일장학회를 열고 장학금을 지급하는데 설립자나 후손 중에 1명을 장학회 고문으로 추천, 고문이 장학금을 지급하게 되어 있으니 너희들 형제 중에 고문 1인을 추대하여 실행토록 하라.

너희들 중에 생활에 여유가 있으면 영일장학회에 얼마고 간에 출연하면 좋겠다. 또 여름휴가 때면 멀리 갈 것 없이 생가에 들러 쉬어가면, 넓은 정원에 소나무며 관상수, 각종 꽃 야생화가 어우러진 환경에 깨끗한 공기를 마시며 생가 전원주택에서 쉬어가면 심신의 편안함을 만끽할 수 있으니 얼마나 좋으냐? 이것이 아버지 어머니의 바람이다.

생가보전은 우리가 살아온 족적을 기념하여 남기고 너희들이 잘 활용가치 있게 사용하고자 했으면 하는 것이 아버지 어머니의 참뜻이며 유언이다.

저자 학력 및 약력

- 1934년 충북 음성 출생
- 맹동공립보통학교 졸업
- 무극중학교 수료
- 청주공업고등학교 졸업
- 청주대학교 상과대학 상과 졸업, 상학사(고등학교 2급 정교사 자격증 다 966호)
- 음성군 4-H 지도자연합회 창립 초대회장
- 충청북도 농촌지도자연합회 창립회장
- 전국 농촌지도자연합회 감사
- 충청북도 농촌진흥위원
- 재건국민운동 음성군 상무위원
- 음성군 농업협동조합 이사
- 맹동농업협동조합 창립 초대조합장 7선 역임
- 농협중앙회 소위원회 내무분과 위원장
- 상록농장 설립 대표
- 평안빌딩 건립 대표
- 맹동초등학교 총동문회 창립회장
- 청주대학교 상경대학 동문회장
- 통일주체국민회의 대의원(1~2대)
- 평화통일정책자문회의 자문위원
- 맹동라이온스 창립회장
- 충청북도교육위원회 위원(부의장 역임)
- 음성군의회 의원(초대 · 4대 의장 역임)
- 음성군 농협 전현직조합장 협의회장

賞勳

- 대통령 표창(지역개발 부문)
- 대통령 올림픽 기장(88올림픽 공로)
- 향토문화공로상(상록수상)
- 내무부장관 감사장
- 농림부장관 표창
- 농촌진흥청장 표창
- 음성군 군민대상

안병일 자서전
음성에 태어나서
•
지은이 / 안병일
발행인 / 김영란
발행처 / 한누리미디어
디자인 / 지선숙
•
08303, 서울시 구로구 구로중앙로18길 40, 2층(구로동)
전화 / (02)379-4514
Fax / (02)379-4516
E-mail/hannury2003@hanmail.net
•
신고번호 / 제 25100-2016-000025호
신고연월일 / 2016. 4. 11
등록일 / 1993. 11. 4
•
초판발행일 / 2016년 12월 25일
•

•
값 15,000원
•

•
ISBN 978-89-7969-733-9 03810

이 도서의 국립중앙도서관 출판예정도서목록(CIP)은 서지정보유통지원시스템 홈페이지(http://seoji.nl.go.kr)와 국가자료공동목록시스템(http://www.nl.go.kr/kolisnet)에서 이용하실 수 있습니다.(CIP제어번호: CIP2016030402)